O DOM

2º LIVRO DA SÉRIE

BRUXOS E BRUXAS

O DOM

JAMES PATTERSON

e Ned Rust

Tradução:
Ana Paula Corradini

Novo Conceito

Esta edição foi publicada sob acordo com Little, Brown and Company,
New York, New York, USA.
Título original: The Gift

Esta é uma obra de ficção. Os nomes, personagens, lugares e acontecimentos descritos são produto da imaginação do autor. Qualquer semelhança com nomes, datas e acontecimentos reais é mera coincidência.

1ª Impressão — 2014

Produção editorial e capa:
Equipe Novo Conceito
Capa original: David Caplan / Sean Freeman
080914

Este livro segue as regras da Nova Ortografia da Língua Portuguesa.

Dados Internacionais de Catalogação na Publicação (CIP)
(Câmara Brasileira do Livro, SP, Brasil)

Patterson, James
O dom / James Patterson e Ned Rust; tradução Ana Paula Corradini. -- 1. ed. -- Ribeirão Preto, SP: Novo Conceito Editora, 2013.

Título original: The gift.
ISBN 978-85-8163-446-3

1. Ficção de fantasia 2. Ficção norte-americana
I. Rust, Ned. II. Título.

13-09587 CDD-813.5

Índices para catálogo sistemático:
1. Ficção de fantasia : Literatura norte-americana 813.5

Novo Conceito

Rua Dr. Hugo Fortes, 1.885 — Parque Industrial Lagoinha
14095-260 – Ribeirão Preto – SP
www.editoranovoconceito.com.br

Para Jack, que deu vida a esta história
— depois que comecei com a história dele.
— J. P.

Para Ruth, por rir sempre nos momentos apropriados.
— N. R.

AVISO DE EXECUÇÃO PÚBLICA
ATENÇÃO, TODOS OS CIDADÃOS:

WISTERIA ROSE ALLGOOD, líder e última esperança da perniciosa "Resistência", que vem acabando com nossa tranquilidade e consumindo tantos esforços e recursos resultantes de nosso trabalho como cidadãos, foi finalmente apreendida e será **EXECUTADA PUBLICAMENTE no PÁTIO DA JUSTIÇA** às **13 HORAS**, hoje à tarde. Procurado, também, por conluio, conspiração e experimentação com as artes das trevas nauseabundas é seu irmão, **WHITFORD P. ALLGOOD**.

Por decreto do Único Que É O Único, neste ducentésimo trigésimo quinto dia do primeiro ano da Ascendência da Nova Ordem.

LIVRO UM

A MENINA COM O DOM

Capítulo 1

Whit

Escute aqui. Não temos muito tempo.

Meu nome é Whit Allgood. Acho que você já ouviu falar de mim e da minha irmã, Wisty, e da loucura toda que aconteceu, mas o negócio é o seguinte: *é muito pior do que você* pensa que é.

Pode acreditar em mim quando digo que esta é a *pior época de todas* e que a melhor nada mais é que uma lembrança distante. E parece que ninguém está prestando atenção no que está rolando. *Você* está?

Prestando atenção?

Imagine que tudo o que você mais ama no mundo — e nem deve dar valor — esteja banido. Seus livros, músicas, filmes, arte... tudo arrancado e levado para longe. Queimado. Assim é a vida sob a Nova Ordem, o tal do governo — ou regime totalitário brutal — que dominou este mundo. Agora, e com todas as forças, temos de lutar pela pouca liberdade que nos sobrou. Até mesmo nossa imaginação está com os dias contados. Dá para imaginar um governo tentando destruir *isso*? É desumano.

E ainda por cima... estão nos chamando de criminosos.

É isso mesmo. Wisty e eu somos os bandidos nessa campanha governamental de mau gosto, que é um oferecimento da Nova Ordem. Nosso crime? Seguir com o pensamento livre e a criatividade... Ah, é, e praticar as "artes das trevas nauseabundas", quer dizer, magia.

Você acompanhou a história? Então, deixe eu voltar um pouco.

Uma noite, e não faz muito tempo, minha família foi acordada por uma invasão de soldados em nossa casa. Wisty e eu fomos cruelmente arrancados de lá e jogados numa prisão — um campo de concentração para crianças. E por quê?

Eles nos acusaram de sermos bruxa e bruxo.

E não é que a N.O. tinha razão? Na época ainda não sabíamos, mas Wisty e eu temos poderes mágicos mesmo. Poderes mágicos. E agora está tudo arranjado para sermos executados em público, e nossos pais também.

Esse evento, particularmente macabro, ainda não rolou — mas vai rolar. Eu prometo que vocês que curtem suspense, aventura e derramamento de sangue não vão se decepcionar. Não vão se forem pelo menos um pouco parecidos com o resto dos "cidadãos" que passaram por uma lavagem cerebral total em nossa terra.

Mas, se você for um daqueles que conseguiram fugir das garras da N.O., então precisa ouvir minha história. E a história da Wisty. E a história da Resistência. Assim, quando não estivermos mais por aqui, pelo menos vai sobrar alguém para espalhar a nossa palavra por aí.

Alguém para lutar a boa luta.

E assim começamos com a história de uma outra execução pública: um acontecimento triste e infeliz, um acidente, coisa de sorte ou de destino. Numa expressão que odeio usar sob qualquer circunstância: uma tragédia.

Capítulo 2

Whit

Foi assim que aconteceu. Quer dizer, de acordo com minha capacidade quase nula de conseguir me lembrar.

O que eu me lembro bem é de que não poderia ter me sentido mais perdido e sozinho do que enquanto andava sem rumo pelas ruas dessa cidade cinzenta, superlotada e esquecida. "Cadê minha irmã? Onde estão os outros membros da Resistência?", fiquei pensando, ou talvez sussurrando as palavras como um andarilho maluco.

A Nova Ordem tinha desfigurado a cidade, tão bonita no passado. Parecia mais um cadáver inchado, em putrefação, cheio de vermes gordos. O céu sufocantemente baixo, os prédios, sem personalidade — e também o rosto das pessoas passando rápido por mim —, tão sem cor e sem vida quanto o concreto sob meus pés.

Sei que o povo, em sua maioria, recebeu uma bela lavagem cerebral da Nova Ordem, mas esses cidadãos parecem um pouco apressados *demais*, um pouco afobados demais, um pouco grudados *demais* aos restos de propaganda política que levam nas mãos como livros de preces.

De repente, meus olhos encontram uma palavra em destaque no papel: EXECUÇÃO.

E então as telas gigantes penduradas acima da avenida se acendem, e tudo fica bem claro para mim. Cada pedestre para e fica ali congelado, chocado, e as cabeças se viram para cima como se um eclipse tivesse acontecido de repente.

Nos telões, um prisioneiro pequeno e frágil, usando um capuz, está ajoelhado num palco megailuminado.

— Wisteria Allgood — retumba uma voz de dar frio na espinha —, você deseja confessar o uso das artes das trevas com o objetivo perverso de minar tudo o que é bom e aceitável em nossa sociedade?

Isso não pode estar acontecendo. Meu coração vira um nó gigante na garganta. Wisty? Aquela voz falou mesmo Wisteria Allgood? Minha irmã está no cadafalso de um carrasco?

Agarro um adulto, de queixo caído, pela lapela de seu casaco cinza triste.

— Onde a execução está acontecendo? Fale para mim, agora!

— No Pátio da Justiça! — Ele pisca, irritado comigo, como se eu o tivesse acordado de um sono pesado. — Onde mais?

— Pátio da Justiça? Mas onde é *isso*? — Exijo que o cara me responda, agarrando seu pescoço, quase perdendo o controle de minha força. Juro que estou pronto para jogá-lo contra a parede se for preciso.

— Sob o arco da vitória; ali, ó — ele responde, quase sem ar, e aponta para uma avenida que segue à minha esquerda. — Me solta! Vou chamar a polícia!

Eu o empurro e saio correndo em direção a um arco cerimonial gigantesco, a uns oitocentos metros.

— Ei! Espere aí! — Ele grita atrás de mim. — Não conheço você de algum lugar?

Ele me conhece. Com certeza. E outras pessoas me reconheceriam se não estivessem tão tapadas. Havia um criminoso procurado bem no meio da galera.

No entanto, os olhos de seus concidadãos permanecem grudados no telão. Eles têm um apetite insaciável por fofoca e o mesmo gosto por morte e destruição sem sentido.

Mesmo quando os falsamente acusados são crianças. Apenas crianças.

Consigo ouvir os berros da multidão lá longe. O som da fome — fome de "justiça", de sangue.

Continuo seguindo em frente, em meio a esse rebanho patético de ratos. Não vou deixar que tirem minha irmã de mim. Não sem lutar até a morte.

Dobro uma esquina e então, por cima das cabeças da multidão, vejo... Aquela ali é minha irmã? Ela está usando um capuz, vestida toda de preto, e de pé agora. Cheia de orgulho. Corajosa como sempre.

Um homem — se é que se pode chamá-lo disso — está no palco com ela. Ele se apoia sobre um cajado torto e seu terno preto e perversamente chique não se mexe nem com o vento que começou a uivar pela praça pública. Seu rosto anguloso está brilhando de orgulho próprio, presunção e satisfação, como se ele tivesse acabado de devorar um pote inteiro de sorvete de chocolate.

Eu o conheço; desprezo esse cara. O Único Que É O Único. E bem possivelmente o indivíduo mais malvado da história da humanidade.

Será que faltam minutos ou segundos para começar essa execução maldita? Não tenho como saber.

Vou derrubando as pessoas enquanto me afundo na multidão, que fica cada vez mais truculenta — ou, para ser sincero, nojenta. Avisto uma fileira de soldados armados impedindo que o pessoal suba na plataforma. Se eu conseguir derrubar um deles e pegar sua arma...

Olho para o palco bem a tempo de ver O Único levantar seu cajado e chacoalhá-lo ameaçadoramente para minha irmã. Ele está com aquele olhar de triunfo absoluto.

— Não! — Eu berro, mas ninguém me ouve em meio à multidão barulhenta. Todos sabem o que está prestes a acontecer. Eu também sei. Mas não sei como impedir que isso aconteça. Tem de existir um jeito.

— Nããão! — grito de novo. — Você não pode fazer isso! Isso é assassinato a sangue frio!

E então rola um flash — não de luz, mas de escuridão, por incrível que pareça — e ela desaparece. Wisty. Minha irmã. Minha melhor amiga no mundo.

Minha irmãzinha está morta.

Capítulo 3

Whit

Se ainda estou tentando recuperar o fôlego, não é por me importar com minha sobrevivência.

A última pessoa na família Allgood que eu tinha certeza de que estava viva, a pessoa que me conhecia melhor que qualquer outra no mundo, a pessoa que sempre me admirou, se foi. Que perda incrível de uma vida mais incrível ainda.

Wisty morreu enquanto eu assistia àquele show de horrores, e não consegui fazer nada para ajudá-la.

O Único simplesmente vaporizou minha irmã... e aquele monstro, sem um pingo de consciência, pelo jeito não teve trabalho nenhum. Ele joga os braços para o ar como se tivesse acabado de marcar um gol, como se estivesse zombando da falta de sentido da existência humana. Meus joelhos ficam fracos. Acho que vou vomitar enquanto ouço um grito geral de aprovação da multidão se espalhar pelo desfiladeiro de concreto dessa cidade — um lugar desprezível e mau, muito além de qualquer recuperação.

O Único acabou de alcançar o maior triunfo de campanha eleitoral da história. Ele se alimenta de toda aquela adoração, mas sua impaciência e a raiva de sempre não demoram para aparecer de novo.

— Silêncio!

Seu comando varre toda a cidade, eliminando qualquer barulho.

Mas isso não me atinge. Ainda estou chocado. Estou anestesiado, o corpo todo, incluindo lugares que eu nem sabia que existiam.

— Meus bons cidadãos — ele fala com voz de trovão, sem a ajuda de um microfone. — Esta é uma ocasião realmente magnífica. Isso que vocês acabaram de testemunhar foi a obliteração da última ameaça significativa ao nosso controle da Superfície! Wisteria Allgood, uma líder da Resistência, acabou de ser removida dessa dimensão. Para sempre.

Ele levanta os braços de novo e uma nova rajada de vento espalha uma fina camada de cinzas e o cheiro horrível de cabelo queimado pela multidão. Esses "bons cidadãos" começam a comemorar de novo.

Eu cairia de joelhos, mas estou cercado por todos os lados. E então, de repente, acho um espaço para me mexer. A comemoração vira gritaria, a multidão está surtando — se movendo para trás — e vejo uma explosão de chamas em erupção a uns 45 metros de onde estou.

Eu conheço aquele fogo.

— Agora, sim! — eu berro enquanto aquela visão faz meu coração quase explodir de alegria. — Agora, sim! UH-HU!

É minha irmã! Wisty está viva! Ela só tinha colocado fogo no próprio corpo, e isso, acredite se quiser, é bom.

Capítulo 4

Wisty

Uma coisa é certa: assim como meu nome é Wisteria Rose Allgood, meu pensamento é um só: "Vou queimar tudo e todos ao meu redor. Queimar até acabar com tudo".

Vou começar com o palco encharcado de morte, e então ir para essa praça metida a chique, e depois atacar com tudo essa cidade de pedra gelada — esse pesadelo desastroso que é o nosso mundo agora. Mesmo que eu frite até virar cinzas durante o processo, vou destruir tudo e todos.

O Único Que É O Único acabou de matar minha amiga Margô naquele palco dos infernos. Eu a reconheci, mesmo com aquele capuz na cabeça. Seus tênis roxos e a calça cargo preta e roxa deram na cara. As linhas e estrelas prateadas nos tênis foram a pista derradeira. Margô, a última punk do mundo. Margô, a pessoa mais destemida e dedicada que conheci. Margô, minha amiga querida.

Não me pergunte por que o monstro no terno preto de seda estava fingindo que ela era eu. Só sei que vou queimar aquele louco maldito até ele virar cinzas.

Então, me transformo numa tocha humana, como já tinha feito antes. Mas, desta vez, deixo todo o cuidado de lado. De repente, línguas de fogo de três, seis, dez metros de altura estão se alastrando ao meu redor, rasgando o até então fresco ar da tarde.

A multidão se afasta, gritando, e não consigo resistir: dou um sorriso. Quase rio em voz alta.

Estou prestes a aumentar ainda mais a temperatura — e mandar rajadas de fogo para tudo que é canto e queimar com mais luz e calor que nunca — quando minha respiração para na garganta.

Eu o sinto. Sinto sua mente desgraçada e doentia. Sinto o peso dos olhos dele sobre mim.

Mil soldados se viram na minha direção ao mesmo tempo e agora é O Único que está sorrindo. E está começando a rir. E está rindo da minha cara.

Sinto um arrepio enquanto o ar sai com pressa de dentro de mim. Como ele pode ter tanto poder?

Não tenho alternativa a não ser sair correndo, pelo menos para tentar escapar da ira dele.

Eu me jogo em meio à maré humana, que está em pânico, meu corpo pequeno fazendo o que pode para fugir de cotovelos e ombros. Mas O Único está perto demais. Posso sentir suas rajadas geladas me seguindo, querendo me tocar com o que parecem dedos ossudos e frios, percorrendo meu rosto, meu pescoço, mandando um arrepio tão congelante que meu corpo dói todo de uma vez.

Estou começando a pensar como seria irônico uma menina de fogo morrer numa nevasca quando, de repente, sou sufocada por uma onda de calor. Alguém me pega, me levanta nos braços e me aperta tanto que quase fico sem ar.

Capítulo 5

Wisty

É o meu irmão, Whit.

Num piscar de olhos, ele me carrega cem, duzentos passos à frente, como se eu não pesasse um grama. Então, nos agachamos atrás de um muro alto, de pedra. Por alguns segundos preciosos, estamos escondidos e a salvo.

Abraço Whit com todas as minhas forças. Ele finalmente relaxa seu apertão poderoso, para que eu consiga respirar.

— Mas se é você mesmo... — Ele não termina a frase.

— Margô — sussurro. — Ele matou a Margô. — E então começo a chorar como um bebê. Estou tremendo e meus dentes batem desesperadamente.

Margô morreu. A menina que me ajudou a colocar meu terceiro piercing na orelha na semana passada. A menina que acordava todo mundo às cinco da manhã para se apresentar para a ação. A menina mais dedicada a lutar contra a opressão da Nova Ordem que todos nós juntos. Ela era tão jovem. Só 15 anos.

— Eu disse para ela não entrar naquele prédio sem retaguarda. Eu implorei — meu irmão diz. — Por que ela tinha de entrar lá? *Por quê?*

— Ela era sempre a última a desistir numa missão. — Lembrei Whit, como se estivesse tentando me convencer de que não tinha sido nossa culpa ela ser capturada. — A primeira a entrar, a última a sair. Era o mantra dela, né? Idiota!

— Corajosa — ele diz e, por um segundo, vejo em seus olhos por que as meninas adoram meu irmão, e por que eu o amo. Ele é honesto, sincero e não tem um pingo de medo.

A missão, uma das milhares de tentativas de resgate das quais tínhamos participado no último mês, foi o nosso pior fracasso até então. Estávamos tentando libertar umas cem crianças de um centro de testes da Nova Ordem. Mas nosso serviço de inteligência deve ter errado feio. Em vez de crianças vítimas do sistema, o prédio estava cheio era de um pelotão de soldados da Nova Ordem. Eles estavam à nossa espera.

— Na verdade, é muita sorte que qualquer um de nós... — comecei a dizer.

— Encontrem-na! — Os alto-falantes montados na praça começaram a vibrar com a voz irada do Único. — Há outra conspiradora na multidão! Ela tem cabelo vermelho-fogo! Fechem as saídas do pátio. Capturem-na agora!

Whit pega um chapéu cinza da cabeça de um homem de negócios que passa por ali e o afunda na minha.

— Enfia seu cabelo dentro do chapéu, rápido — ele diz.

Acabo de fazer isso quando um policial me vê. Ele está a uns dez metros de mim.

Agora ele está pegando seu apito, que fica pendurado na ponta de um cordão ao redor de seu pescoço... e logo vai conseguir a atenção de todos os soldados da praça. Isso para não falar do Único, em quem eu odeio até de pensar.

Mas, então, um pequeno vulto preto pula e faz o policial cair de bunda no chão.

Whit e eu trocamos um olhar de surpresa.

— Você acabou de...?

Mas antes que o Whit possa terminar a frase, o vulto preto — uma velha — está ao nosso lado. Ela enfia um pedaço de papel amassado e engordurado na minha mão.

— Pega, pega!

Juro que ela é a criatura mais estranha que vi na vida, mas a conheço de algum lugar.

— Quem é...?

Ela não me deixa terminar.

— Siga isto aqui. Vá! Sou uma amiga. Corra. Corra. Não pare nem para respirar ou já era. Por todos nós. *Vá!*

Não sei como ela fica atrás de nós e dá o maior chutão na minha bunda e na do meu irmão. O chute nos faz cambalear para o meio da multidão surtada.

Eu me viro para trás no mesmo instante... mas não há nem sinal dela.

— Você ouviu o que ela falou — Whit me diz. — Vá! Agora! Vá!

Capítulo 6

Wisty

O PAPEL AMASSADO, dobrado umas cinco vezes, que a velha enfiou na minha mão, é um mapa. Ela disse que era uma amiga, certo? E mais: não temos um plano melhor. Então, nós seguimos o mapa.

A linha pontilhada no pergaminho sujo e escrito à mão nos leva em direção ao sul da cidade. Até ali, a salvo e vivos.

— Não consigo me lembrar de onde conheço aquela mulher! — Penso em voz alta enquanto saímos dos limites da cidade, em direção a uns trilhos de trem. — Será que ela era... talvez ela seja uma das amigas do papai e da mamãe?

Whit dá de ombros.

— Não importa, né? Qualquer pessoa disposta a arriscar a vida atacando um policial da Nova Ordem é amiga. E uma amiga muito boa.

Whit arranca um AVISO de um poste de alto-falante perto da linha do trem e o rasga em mil pedacinhos.

— Aliás, quando é que você virou "líder da Resistência"? — ele pergunta com uma risadinha e um brilho especial em seus olhos azuis.

— Bom, se é O Único quem está falando...

— Só você mesmo para entrar nesse mundo de fama e fortuna pelas mãos de um bandido totalitário.

— Cale a boca! — Começo a correr atrás dele pelos trilhos, rindo apesar da minha situação ridícula. — Você está é com inveja! — E Whit começa a mexer os braços como aqueles corredores profissionais e sai correndo, como se estivesse jogando futebol americano de novo.

— Não é justo! — Grito para ele. Ele é maior e mais velho que eu, e é claro que consegue correr mais rápido. Bem mais rápido.

Por alguns minutos, nos permitimos ser crianças de novo. Irmão e irmã apostando corrida ao longo dos trilhos do trem. Fingindo que uma de suas melhores amigas não acabou de ser assassinada e que não estão fugindo de metade do mundo.

Com uma onda de empolgação, e talvez até de diversão, seguimos correndo os últimos quilômetros até nosso destino — um pequeno prédio de tijolinho à vista que aparece no mapa marcado com um x e a instrução: PASSAR PELA CASINHA DOS OPERADORES DA FERROVIA.

— Você tem as chaves? — pergunto para Whit, ao notar a corrente e o cadeado na porta.

— Você tem feitiços? — ele pergunta de volta.

Ah, é! É mesmo... Sou uma bruxa. E Whit é um bruxo.

Às vezes é difícil se lembrar dessas coisas quando você está ocupada correndo para salvar sua vida. Mas eu tenho feitiços, sim, e de vez em quando eles funcionam em correntes e cadeados.

Finalmente escapamos daqueles demônios da N.O.

Pelo menos por enquanto.

Capítulo 7

Ele está cercado por uma dúzia ou mais de obras de arte famosas que confiscou — pinturas de artistas como Pompano, Pondrian, Cezonne, Feynoir —, as melhores dos melhores. Todas banidas e proibidas. Agora é tudo dele.

— Tragam-me O Único Que Comanda a Caçada! — Berrou O Único. Ele não aguenta mais essa incompetência, essa estupidez, essa quase captura tão recorrente de Wisteria Allgood e do Dom muito, muito poderoso que ela tem.

Como se estivesse esperando a deixa, o comandante da caçada aparece à porta. Apesar de seu cabelo grisalho e barriguinha de meia-idade, ele está morrendo de medo, parece um aluno que acabou de receber uma prova para a qual não estudou.

— Você falhou ao tentar capturar Wisteria Allgood. Essa informação está correta? É isso mesmo?

O comandante limpa a garganta, nervoso.

— Sim, senhor — concorda. Ele já ouviu histórias perturbadoras de cidadãos que tentaram se defender em situações similares com O Único.

— E você diria que o espetáculo de hoje não foi nada menos que um desastre de relações públicas? Gostaria, honestamente, de saber sua opinião.

— Bom, o senhor executou a outra bruxa da maneira mais decisiva possível, Vossa Excelência. Os cidadãos se enlevaram com...

— Ela não era uma bruxa! Era apenas uma amiga da bruxa. Na verdade, ela era a isca para a verdadeira bruxa.

— Bem, mas... mesmo assim... ela era um membro importante da Resistência, e o senhor a destruiu magnificamente e levantou a multidão com seu poder inspira...

— A Única Que Inventa as Notícias vai ter de trabalhar muito para poder colocar o noticiário desta noite no ar. Você teria alguma boa ideia para resolver essa questão? Como vamos explicar que executamos Wisteria Allgood e então, momentos depois, estamos perseguindo outra bruxa adolescente e ruiva pela praça? Seja honesto. Seja franco. Seja rápido.

— Hum... bem...

— Silêncio! — berra O Único com uma voz tão poderosa que parece fazer o prédio tremer.

A pausa a seguir é mortal, mortal de verdade, e parece sugar todo o ar da sala.

Agora O Único suspira e sorri, se é que se pode chamar aquilo de sorriso.

— Bem, acho que poderia ter sido pior. — Seu novo tom animado mascara totalmente a raiva de segundos antes. — Diga-me, Comandante, se me lembro bem, seus caçadores gostam de charutos? Tenho certeza de que é isso mesmo. Correto?

— Ah, hum, sim, obrigado — gagueja o comandante. Por um breve momento, fica pensando como é que foi cair nas graças de seu líder. Ele aceita um charuto muito chique. E então... fogo.

— Sempre fui fascinado pelo fogo, Comandante... e você?

Mas o soldado não tem tempo de responder.

A brasa vermelha e brilhante da ponta do charuto se expande rapidamente. Ela se alastra ao longo do objeto para o rosto do homem, por sua nuca e pescoço abaixo. Então, as linhas vermelhas e em chamas se alastram ao redor de seu tronco e braços até a ponta de seus dedos dos pés, transformando o comandante de caçadas numa estátua de cinzas em segundos.

Então O Único bate sua bengala de leve no chão e a cinza desmorona numa leve nuvem de fumaça.

— Você falhou ao tentar capturar Wisteria Allgood, e falhar não é opção neste Admirável Mundo Novo.

Capítulo 8

Whit

Você me acharia totalmente maluco se eu lhe contasse que o que nos salvou naquela casinha dos operadores da ferrovia foi um *portal* que carregou Wisty e eu por uma série de dimensões e então nos jogou com tudo de volta à nossa realidade infernal, mas num lugar totalmente diferente?

Um ano atrás, eu teria me autointernado num hospício só de pensar nisso, mas os loucos são os novos normais nessa sociedade dominada pelos malucos da Nova Ordem. Ah, e para sua informação, um portal é um desses lugares ilusórios onde o tecido que compõe o mundo é mais... macio. Por outro lado, passar por um deles não tem nada de macio, não. O portal pode jogar você num lugar ou numa dimensão totalmente diferentes... e às vezes pode até levá-lo à força para lugares que você não visitaria nem morto. E com a maior violência.

Tipo nesse espaço totalmente escuro e apertado onde viemos parar. Sei lá, isso aqui poderia ser o armário de sapatos do Único. O ar está abafado e cheira a mofo. Meu ombro está queimando e minha cabeça lateja.

— Whit? Você está aqui? — Ouço um sussurro. Ouço um movimento discreto a alguns metros de distância.

— Tô — resmungo, meio atordoado pela dor. A voz da mulher é calorosa e me acalma.

— Você está bem? — a voz pergunta com preocupação. *Célia?* Imagino a namorada que perdi há muito tempo, sequestrada e assassinada pela Nova Ordem, no que agora parece ter sido outra vida. Penso nela se aproximando, se debruçando sobre mim, prestes a me tocar, a me curar, a me salvar...

— Hummmmm... — Deixo-me levar pelo pensamento, aguardando o perfume de Célia, os braços dela ao meu redor. Putz! É a Wisty. Mas é claro. Resmungo de novo. — É meu ombro. Acho que o desloquei quando estávamos no portal.

— Sério? Eu passei por ele suave, como se estivesse coberta de manteiga.

Viro os olhos, apesar de ela provavelmente não conseguir vê-los.

— Acho que era do tamanho certo para sua bundinha magra de bruxa! — provoco (mas com carinho, juro). — Onde você acha que estamos?

— Que tal... numa prisão? Acho que é nosso lugar favorito, né?

Eu não tinha tanta certeza assim.

— Não. Esse cheiro... não é cheiro de prisão. É alguma coisa... alguma coisa boa. Uma coisa que me lembra da...

— Nossa casa! — dizemos juntos.

Wisty solta uma pequena chama do dedo para iluminar o local. Fico impressionado como ela está aprendendo a controlar seu temperamento explosivo e usando bem seu talento. Antigamente, eu era o astro da cidade — melhor jogador do time de futebol americano e um supercorredor e nadador —, e a Wisty adorava matar aula. Agora ela é a bruxa toda importante que consegue fazer seu corpo brilhar, se transformar em objetos, soltar raios por aí e um monte de coisas legais. Só que não necessariamente quando quer.

À luz fraca, consigo ver o suficiente para enxergar a silhueta de minha irmã e pilhas de caixas de papelão com rótulos indicando INCINERAR.

— Livros — Wisty diz com reverência, folheando alguns volumes em caixas ainda abertas.

Com meu braço bom, cutuco uma caixa e vejo títulos de histórias de espionagem de todo tipo, de autores famosos como B. B. White a Roy Royce.

— Livros que serão queimados... — Suponho. A Nova Ordem está em processo de destruir quase todo livro conhecido na Superfície ocupada que foi escrito antes da tomada do poder. Uma dor de matar atravessa meu ombro machucado, e dou uma tremida.

— E por falar em queimar... você vai me ajudar a colocar meu ombro no lugar, Wisty?

— Putz, aí também é demais, né? — ela diz, e se aproxima de mim mesmo assim. — Você precisa aprender um feitiço para essas coisas, irmão. Acho que bruxos sabem lidar com esse tipo de situação, não?

— Acho que vale a pena tentar. Mas me ajude a segurar o meu diário, tá?

Meu pai me deu esse livro em branco antes de nos levarem de casa naquela noite terrível, há tantos meses, e eu o levo comigo para tudo quanto é canto. (Wisty sempre carrega uma baqueta de bateria/varinha que minha mãe deu para ela.) Na maior parte do tempo, o livro fica em branco e aproveito para escrever nele — geralmente poemas tristes de amor para Célia. Mas às vezes ele se enche de revistas, mapas, obras-primas completas da literatura... ou, quando temos sorte, de feitiços. Eu acho que bruxos precisam controlar o que aparece e quando aparece, mas até agora tem sido uma loteria.

Wisty tira o diário de minha mochila e me ajuda a folhear as páginas em busca de qualquer feitiço para curar dores no corpo. Finalmente, encontramos um bem facinho de pronunciar: *Voron klaktu scapulati.*

— Parece a língua do diabo! — Wisty dá uma risadinha. De repente, a sensação mais incrível de calor se alastra pelo meu ombro quando pronuncio as palavras e, do nada, meu ombro volta para o lugar. Levanto o braço sem um pingo de dor.

— Acho que acabamos de vender a alma, então — digo. — Agora vamos descobrir onde é que estamos e como podemos voltar para a Terra Livre.

Enquanto vamos para a parte de trás daquele espaço apertado, acabamos percebendo que é um contêiner de navio. Pego alguns livros para o pessoal lá do Quartel General da Resistência, *A Invenção de Bruno Genet* e *Jogos Sedentos*, entre outros.

— Você está pronta para encarar o que está lá fora? — pergunto ao chegarmos à porta.

— Ou quem estiver lá fora — Wisty responde, ponderadamente. — Deixe eu me concentrar primeiro, caso eu tenha que pegar fogo ou algo do tipo.

Depois de contarmos até três, levantamos a porta de metal do contêiner.

E ali, nos encarando, estão... nossos pais.

Capítulo 9

Whit

Bom, pelo menos é a cabeça deles.

Fotos de nossos pais estão estampadas num telão de seis metros de altura, seus olhares perdidos e os rostos solitários sobre esse pátio de ferrovia abandonado. E, abaixo das fotos de procurados, estão as palavras que ainda nos dão frio na espinha.

RECOMPENSA DE TRÊS TRILHÕES

Para Informações que Levem à

Apreensão e Prisão de

BENJAMIN ALLGOOD e **ELIZA ALLGOOD**

por Crimes Hediondos contra a Humanidade

e a Nova Ordem

Mande mensagens de texto para "Informante2020" ou visite o escritório local da Inteligência da N.O.

É claro que sabemos que nossos pais são criminosos procurados — e pelos motivos imbecis que também somos, mas ver aquilo em preto e branco, à vista de todo mundo — e colocar esse preço patético de três trilhões na cabeça deles —, é uma lembrança cruel desse pesadelo que talvez nunca tenha um final feliz.

Wisty, como sempre, lê meus pensamentos e tenta me dar um pouco de esperança.

— Eles ainda estão livres — ela fala baixinho.

— Ou pelo menos estavam quando colocaram esse pôster aí. — O papel parece meio velho, desbotado, gasto e está rasgado nas pontas. Ficamos em silêncio enquanto o aroma poderoso das páginas frágeis daqueles livros velhos — repletos de sonhos, tragédias, riso e imaginação — parece sair num turbilhão pela porta do contêiner e nos sufocar com a lembrança agridoce de casa.

Como é que se pode ficar de boa com alguma coisa quando não sabemos nem que "coisa" é essa? Não sabemos se nossos pais estão vivos, ou mortos, ou sendo interrogados numa prisão da Nova Ordem, ou... banidos para a Terra das Sombras, como a Célia. Eles estão sofrendo? Será que existe alguma coisa que possamos fazer para ajudá-los? Ou somos tão inúteis quanto estamos nos sentindo agora?

Soco o *outdoor* com tanta força que meu pulso passa direto pelo papel.

Então, arranco minha mão de lá e tento fingir que nada aconteceu. Wisty me olha preocupada; eu dou de ombros. Os nós dos meus dedos estão sangrando, mas não estou sentindo nada.

Olho de relance para seu rosto preocupado e cheio de dor, e então desvio o olhar. Fico com vontade de abraçá-la, mas preciso mostrar a ela que não estou deixando minhas emoções me controlarem. Engulo em seco o que parece uma bola de golfe, e pego a mão dela.

— Vamos embora daqui.

Não tem ninguém na periferia dessa cidade triste. Apenas janelas quebradas em depósitos. Ruas cheias de entulho. Os únicos elementos novos parecem ser os telões enormes e as torres com alto-falantes.

Enquanto seguimos o caminho para o centro da cidade, fico imaginando como esse lugar era antes. Pitoresco. Vejo uma escola de tijolinho à vista, parquinhos nas praças, um parque com coreto, um triciclo largado na rua. Uma onda de tristeza me atinge com tudo. Aquele lugar me lembra de nossa ex-cidade — torres de igrejas, mercadinhos de bairro e árvores de verdade.

Estou com ainda mais saudade de casa. Do meu pai, da minha mãe e até da escola. Mas só um pouco.

— Queria saber onde todo mundo está — Wisty sussurra.

— Eu não — respondo, talvez um pouco rápido demais. — Quer dizer... na verdade, acho melhor não saber.

E então ouço isso:

— Você não quer? Não quer...? Não quer...? Não quer...? Por quê, Whit?

Sacudo a cabeça. Wisty fica me encarando com os olhos arregalados.

Era uma voz, com certeza. E não era a voz da Wisty. Nem a minha.

Era a voz da Célia.

Talvez aquilo ali fosse uma cidade fantasma. Literalmente.

Capítulo 10

Whit

Saio voando feito um míssil para tentar encontrá-la. Como se eu não tivesse escolha. Como se fosse meu destino.

— Célia! — Corro pelas ruas desertas, passo pelas lojas vazias, uma delegacia sem policiais, uma escola com as janelas fechadas com tábuas de madeira, um cinema... Não vejo a Célia; nem mais ninguém. Tudo parece tão surreal. Será que é real? Será que estou sonhando com tudo isso por causa de meu desespero? — Célia!

— Whit, espera aí! — Ouço a voz de Wisty vindo atrás de mim. Os tênis dela batem contra a calçada. Ela tenta me alcançar.

— Pare! Whit, por favor! Você não sabe se é ela! Pode ser uma armadilha!

Mas eu sei que é ela. Você nunca, nunca mesmo, esquece a voz da pessoa que ama. Mesmo se é um sussurro, um grito ou mesmo uma lembrança antiga, eu sei quando é a Célia. Acho que Wisty não entende isso. Ela nunca se apaixonou.

E então ouço Célia mais uma vez, não muito longe. Sinto como se, de alguma maneira, ela estivesse ao meu redor.

— Você não quer saber?... saber?... saber?... O que aconteceu conosco?... conosco?... conosco?...

Não vou suportar isso por muito tempo — agora sinto Célia tão perto.

A voz dela é tão alta que é como se estivesse sendo transmitida diretamente para a minha cabeça. É insuportável... mas também o tipo mais incrível e bonito de dor. Tortura pela qual eu imploraria. Isso faz algum sentido?

— Eu quero! Eu quero saber! — Paro no meio do caminho e caio de joelhos no meio da praça. — Cadê você, Cé? Eu preciso ver você de novo.

— Olhe para cima, Whit. Ela está ali, ó.

É a voz da Wisty à minha esquerda. E, quando levanto a cabeça, enxergo o que ela está vendo.

Ali está minha namorada: no telão. Célia, num telão de propaganda da Nova Ordem. Seu rosto lindo tem quase o dobro da minha altura, e cada centímetro é tão suave e perfeito e bonito quanto me lembro. Como se ela fosse uma estrela de cinema.

Capítulo 11

Whit

— Você se esqueceu de nós, Whit? Você se esqueceu de mim? — Célia parece triste, o que torna a situação ainda mais dolorosa para mim. — Acho que não posso culpar você por querer seguir em frente.

— Mas do que você está falando, Célia? Eu nunca a esqueci. Todo mundo sabe disso. Nunca paro de pensar em você, nem de tentar encontrá-la. Todo mundo pensa que sou louco!

— Talvez você não tenha me esquecido completamente, Whit. Mas estou falando de nós. Dos perdidos, dos sequestrados, dos assassinados. Os Meias-Luzes. — Tremo quando ela menciona aquelas almas tristes da Terra das Sombras. — Eu não sou mais... eu mesma. Faço parte de algo... maior.

— Célia, você sempre vai ser você. A Terra das Sombras não pode destrui-la. Não para mim. Cadê você? A Célia de verdade?

— Você não entende, Whit... — Célia me interrompe e dá um sorriso melancólico. — Eu preciso lhe dar uma chance, amor. Você é, de verdade, o jogador de futebol americano mais sensível que já apareceu na face da Terra. Mas você também é como outros caras num monte de coisas, Whit. Você é menino. Você vê e se importa e protege apenas o que está bem à sua frente.

— Não! — Chacoalho a cabeça, sem conseguir acreditar nas palavras dela. — Isso não é verdade. Você sabe que não é.

"Por que ela está tentando me magoar?"

— É, sim — Célia responde, os olhos dela encarando os meus. — Por exemplo: cadê sua irmã?

Dou um giro de 360 graus. A Wisty...

"Sumiu?"

— Mas o que...? — Saio correndo pela praça, olhando em todos os becos. — Wisty! — Mas isso não é possível. Será que ela foi sequestrada?

— Você tem de pensar maior, Whit.

Isso é tortura! A voz de Célia me atravessa como uma força viva, e tudo que quero fazer é me render a ela. Mas a minha irmã...

— Eu sei que você está com medo — ela continua, nem aí com o sumiço de Wisty, o que é bem estranho. — Você acabou de perder alguém com quem se importa e não sabe como lidar com isso. Pense nisso, Whit. É a chave de tudo.

— Wisty! — berro. A única resposta é o barulho de um saco plástico sendo arrastado pelo vento na praça da cidade.

— Whit, aqui em cima. Olhe para mim! Estou aqui para dizer mais coisas que você não quer ouvir. Você e a Wisty precisam parar de fugir da Nova Ordem. Parar de fugir do Único.

— Nunca! Vou encontrar a Wisty e vamos voltar para a Terra das Sombras, para encontrar você e não essa imagem na tela!

O cabelo preto, volumoso e brilhante de Célia começa a voar, fazendo cócegas nos lábios dela. Quase como se ela estivesse reagindo ao vento que sopra na praça. Um saco plástico vem voando bem na minha cara. Eu o tiro da minha frente, já fulo da vida.

— Whit, você está me escutando? Será que preciso falar mais alto?

Se falar mais alto, minha cabeça vai explodir.

— Estou ouvindo você, pode acreditar. É que, nesse momento, o que você diz não tem sentido algum.

— Você e a Wisty precisam se entregar, para salvar seus pais e o resto de nós. É a única maneira. Acho que a Wisty entende isso... né, Wisty?

Célia vira a cabeça, e bem ali, atrás dela, no telão lá em cima, está a minha irmã. Mas como pode?

— Está tudo bem, Whit — Wisty diz. — Está tudo bem agora. Entendo nosso papel nisso tudo.

Célia olha de novo para mim. Seu cabelo comprido começa a sair da tela e vem flutuando em minha direção. Parece que sou puxado por ele. Não consigo resistir à Célia. Sinto como se estivesse no ar, voando em direção ao telão para ser engolido pelos olhos, pelos lábios e pela voz macia e reconfortante de minha namorada.

— Agora, eu tenho de ir, Whit. Por favor, se entreguem. Nos salvem. Você consegue, Whit.

E então o telão sai do ar e caio numa escuridão que parece não ter fim.

Capítulo 12

Wisty

OLHA, ACHO QUE aquilo foi a coisa mais estranha que nos aconteceu até agora. Outro mistério dentro de um mistério dentro de outro mistério.

Eu não me lembro de quase nada. Pelo menos de nada depois de eu dizer para o Whit olhar para cima e ver o telão — e a Célia. Agora estou caída no meio da praça, e minha cabeça lateja de dor.

Eu me viro e vejo Whit num estado parecido, mas ele está segurando a cabeça com as duas mãos e chorando. Não existem muitas coisas piores do que ver seu irmão mais velho chorando. Talvez ver seus pais na mesma situação.

Eu me arrasto para perto dele e o abraço, e ele me conta o que aconteceu. Nada tem muito sentido, mas uma coisa está bem clara: Célia disse que temos de nos entregar. Valeu, Cé! Vou pensar no seu caso. Antes vamos analisar sua conexão com a Nova Ordem mais uma vez. Como é que você foi parar naquele telão de propaganda do governo?

— Não vamos nos entregar — digo a ele, nem ligando. — Foi tudo um truque. A N.O. está ficando desesperada.

— Mas que merda é essa? — ele responde indignado e se levanta. — Agora eu sei. Não era a Célia falando. Não poderia ter sido. Nós temos de destruir esse regime, e não vamos conseguir isso se nos tornarmos prisioneiros. Ou se estivermos mortos.

Eu me levanto.

— Uau! — digo, tirando a poeira das minhas roupas. — Levei um golpe de testosterona agora.

Ele meio que ri da minha piada ruim, e depois me surpreende com um falso golpe de luta.

— É, é isso mesmo! Vamos acabar com eles! — ele grita.

— Uh-hu! — gritam um monte de vozinhas fininhas. Mas como é que é?

Nós nos viramos e vemos um bando de crianças com as roupas sujas e rasgadas enfiando a cabeça para fora da entrada de uma loja de *video games* abandonada.

— Quem são vocês? — pergunto, ainda de olhos arregalados.

Está na cara que eles não estão tão nervosos a ponto de não quererem ser vistos, mas também não confiam em nós o bastante para se aproximarem.

Um menininho com cabelo louro-castanho incrivelmente sujo e embaraçado dá um passo à frente.

— Vocês são gente normal? — ele pergunta. Ele não pode ter mais que 9 anos de idade.

— Se você quer saber se não passamos pela lavagem cerebral da Nova Ordem, então, sim — respondo. — Cadê os seus pais?

— Sumiram. Eles foram levados.

— Levados?

— Os soldados os colocaram em caminhões e os levaram embora — ele responde. Alguns meninos e meninas mais novinhos começam a esfregar os olhos cheios de lágrimas.

Uma onda de emoção cruza o rosto de Whit. Compaixão, empatia, chame isso do que quiser. Meu irmão não é manteiga derretida, a não ser quando precisa. Ele tira a mochila das costas, a coloca no chão à sua frente e põe as mãos sobre ela por um minuto, com os olhos fechados.

E então — e é a coisa mais surreal do mundo —, um filhotinho de cachorro e dois filhotinhos de gato colocam a cabeça para fora da mochila.

A tristeza das crianças se transforma em fascinação e alegria enquanto o cachorrinho e os gatinhos pulam para sair da mochila. As crianças que não conseguem se aproximar para passar a mão nos bichinhos ficam olhando espantadas para o Whit. E, para falar a verdade, eu também.

— Caraca!

Ele arruma a gola da camisa e pombas brancas saem voando das roupas dele para o céu. E depois — que nojo! —, ele espirra e uma nuvem de abelhas amarelas sai do nariz dele e seguem voando atrás das pombas. As crianças morrem de rir.

— Onde é que você aprendeu esses truques de circo? — pergunto a ele. — Que demais! Você está virando um bruxo bem charmoso.

Ele dá de ombros.

— Achei que deveria fazer algo legal para outra pessoa, para variar um pouco. Só me preocupo conosco, né? — ele diz e se volta de novo para as crianças, que estão fazendo a maior folia. — Vocês querem vir conosco? — Ele oferece.

Uau! Quanta coisa pode acontecer quando você fica inconsciente por alguns minutos. Meu irmão virou Sir Whitford Fonte-de-Caridade Allgood, o escudeiro.

— Daqui a pouco você vai abrir a fila do sopão também? — digo com um sorriso aberto.

— Quem sabe — ele retruca. — Por que não? — E então meu irmão invoca uma panelona cheia de sopa de tomate bem quente, com tigelas e colheres, e na quantidade certinha para todo mundo.

Capítulo 13

Wisty

Com a ajuda de alguns feitiços que aparecem no diário do Whit, conseguimos encontrar o caminho de volta para a loja de departamentos Garfunkel's, que, ainda bem, fica a alguns quilômetros de distância. Mas tentar burlar a vigilância da Nova Ordem com uma multidão de crianças encardidas e falantes não é mole, não. Eu nunca vou querer trabalhar num acampamento de férias.

Ao entrarmos, a primeira pessoa que vejo lá de trás da multidão — estou arrebanhando crianças como uma professora-assistente de jardim da infância — é Janine. Ela é nosso maior símbolo da Terra Livre depois de Margô. Os olhos dela brilham enquanto passa pelas prateleiras de cosméticos vazias para receber seu herói.

O herói, no caso, é Whit. Não sei já mencionei isso o bastante: a mulherada adora meu irmão. O que, eu acho, torna a fidelidade dele à Célia ainda mais impressionante.

— Você conseguiu! — Janine o abraça antes que ele tenha a chance de explicar que as crianças não são as que deveríamos ter salvado no começo da missão. — Isso vai muito além das expectativas! Não achávamos que...

Whit a afasta com gentileza e a dor aparece em seus olhos.

— Não é tão simples assim, Janine.

Em seguida, Feffer, nossa cachorrinha adotada, vem fazer uma festinha, latindo de tanta alegria.

— Cadê a Margô? — Sasha, nosso partidário mais fanático, pergunta, confuso.

"Ai, meu Deus. Eles acham que a nossa missão foi um sucesso. Eles não sabem que..." Pelos próximos quinze minutos, o grupo inteiro fica arrasado enquanto explicamos o resultado sórdido da missão que falhou.

Margô era uma das primeiras e mais adoradas líderes da Terra Livre, um de nossos portos seguros nessa vida louca. Acontece que quem estava participando da missão e conseguiu fugir de volta para lá não testemunhou a execução dela. E a Garfunkel's — cuja eletricidade vem de um método engenhoso de extrair energia de frascos de perfume — não tem acesso regular aos noticiários da Nova Ordem. Na verdade, talvez seja melhor assim.

— Estávamos de vigília, esperando o retorno de vocês — Sasha diz. — De todos vocês.

Contar aquela história me deixa arrasada. E olhar para todo mundo ali só piora as coisas. A pontinha de esperança das crianças maltrapilhas parece ter desaparecido. Estou preocupada até com Sasha, em quem não confio muito porque ele mentiu para nós na cara dura uma vez. Mas ele e Margô tinham a mesma chama da Resistência no sangue. Eles fariam qualquer coisa pela luta.

E Janine... bem, ela e Margô eram como irmãs. Seus olhos verdes, que tinham brilhado tanto para o Whit, agora estavam vidrados de choque e dor. Whit passava a mão pelos cabelos dela, tentando reconfortá-la. Finalmente, ela enterrou a cabeça no ombro dele.

— Nós crescemos juntas — ela diz. — Melhores amigas desde o primeiro ano, você acredita?

— É claro que acredito — Whit sussurra. — Todo mundo adorava a Margô.

Emmet, meu melhor amigo aqui, vem até mim e coloca o braço ao redor dos meus ombros. Normalmente, isso me deixaria superfeliz — porque, vamos combinar, Emmet é muito gatinho —, mas, nesse momento, só me irrita. Estranho.

Estou cansada de ficar triste. Se Margô entrasse aqui agora mesmo, provavelmente ficaria revoltada com todo mundo chorando e sentindo pena dela.

Revoltada. Hum, sabe que não é má ideia?

— Olha aqui! — digo, me soltando de Emmet e subindo num balcão de maquiagem. — O festival do chororô acabou. A última coisa de que Margô gostaria é que ficássemos curtindo uma deprê. — Sasha faz que sim com a cabeça. — Temos de seguir em frente e nos prepararmos. A Nova Ordem está ficando cada vez mais forte.

Jamilla, nossa xamã meio mãezona, seca as lágrimas das bochechas. Até Feffer mostra mais daquele brilho metálico que geralmente tem nos olhos.

— O Único Que É O Único quer acabar com nossa vontade de lutar! — berro. — A Margô deixaria isso acontecer?

— Não! — Sasha grita de volta. — Nem sonhando.

— O Único Que É O Único quer que paremos, nos entreguemos e desistamos! — grito. — A Margô parou de resistir em algum minuto?

— Não! — Um grupinho responde em uníssono.

— O Único Que É O Único não quer que completemos nossa próxima missão. E a outra depois desta. A Margô teria dito para seguirmos em frente com nossa próxima missão?

— Sim! — Quase a sala inteira gritou dessa vez.

E então, Emmet, que está até mais gatinho que o normal, se levanta com o punho no ar. O volume da gritaria aumenta e fico mais animada que nunca. Esse negócio de liderança é mesmo coisa séria.

Mas, então, uma coisa acontece e acaba com minha alegria.

A pessoa que mais detesto no mundo inteiro acaba de entrar na sala.

Bom, talvez não seja quem eu mais detesto. Mas é uma forte concorrente.

Capítulo 14

Wisty

Byron-traidor-puxa-saco-Fuinha-Swain entra de fininho na sala, chacoalhando a cabeça como um bicho tentando seguir um cheiro, e então corta caminho até mim. Byron era um moleque que se achava na escola, se tornou uma marionete da Nova Ordem e ajudou na nossa captura — só para relembrar, eu o transformei em fuinha uma vez. Ele diz ter largado a N.O., mas isso não significa que eu tenha de gostar dele.

— Oi, pessoal! — ele grita com aquela vozinha irritante de roedor. E então sobe no balcão e fica ao meu lado. Eu deveria transformá-lo de novo em fuinha para colocar esse chato numa caixa, fechar bem com fita crepe e mandá-lo para o Hospital Psiquiátrico Estadual General Bowen. Sem suprimento daquele gel nojento para cabelo que ele usa.

— Acho que você ainda não ouviu a má notícia, Byron — Jamilla começa a contar a história.

— Ah, certamente ouvi, sim — ele diz. Quem é que fala assim? — Vi com meus próprios olhos! — Todo mundo fica de queixo caído. — Nisso aqui.

Ele tira do bolso um smartphone moderno que conseguiu vai saber onde, passa os dedos pela tela algumas vezes e, então, levanta o telefone com a tela virada ao nosso grupo.

Meu Deus, é o Pátio da Justiça, onde a figura encapuzada de Margô está ajoelhada perante O Único.

— Tira isso daqui! — digo para ele com raiva, tentando pegar o celular. — Isso aí é um filme de mau gosto.

— Não é, não — Byron grita, segurando o celular com força. — Eles precisam ver isso.

— Você não presta mesmo! — grito, praticamente enfiando minhas unhas na mão dele. Mas Byron, fuinha do jeito que é, sabe se esquivar como ninguém e tenho de o atacar como uma leoa para arrancar aquilo dele.

— Wisty — Janine diz do nada, séria e determinada, enquanto se desvencilha dos braços confortadores de Whit. — Ele tem razão. Eu preciso ver isso. O que fizeram com ela.

Lanço um olhar derrotado para Whit e vou a outro balcão para não ficar tão perto do Garoto Fuinha. Ele segura o celular com ar de triunfo e, apesar de querer me virar para o outro lado, não consigo.

No maior replay em câmera lenta de embrulhar o estômago que já vi, assistimos à desintegração completa de Margô pelo Único Que É O Único. Seu capuz, suas roupas, seus tênis lindos, tudo fica cinza por um instante e então ela meio que desmorona, se transformando numa nuvem de cinzas de cremação.

— Como vocês podem ver — ele explica enquanto a gravação continua —, eles querem que todo mundo acredite que Wisty está morta. Então, graças às minhas conexões com os altos escalões do Ministério da Informação, meu pai, para ser mais preciso, consegui hackear o sistema deles e compartilhar um pouco da verdade com o mundo.

Observo mais de perto. É claro que ele colocou suas patinhas de fuinha numa transmissão do Único Canal e a alterou. A legenda que acompanha as imagens diz: A PESSOA EXECUTADA NÃO FOI WISTERIA ALLGOOD, MAS UMA MENINA INOCENTE CHAMADA MARGÔ. ISSO FOI UM ASSASSINATO.

A câmera volta a mostrar a âncora do jornal, irada.

— Povo da Nova Ordem — ela diz —, como vocês podem ver, um pequeno grupo de hackers está tentando acabar com nossos noticiários. Não prestem atenção à legenda absurda das imagens. Estamos recebendo a confirmação inequívoca do Escritório de Execuções de que a inimiga pública vista aqui é realmente Wisteria Allgood.

Outra legenda de Bryon diz: SE É MESMO WISTERIA ALLGOOD, ENTÃO POR QUE ELA ESTÁ USANDO UM CAPUZ? TALVEZ PARA QUE NÃO POSSAMOS VER SEU ROSTO?

A jornalista leva a mão ao ponto eletrônico em seu ouvido, está na cara que o produtor ou os produtores estão dizendo o que ela deve fazer em seguida.

— Cidadãos da Nova Ordem — ela continua —, o Escritório de Execuções deseja que todos notem que a única razão pela qual Wisteria Allgood está usando um capuz é que bruxas não podem lançar feitiços com a cabeça coberta.

Byron sorri, se achando. Outra legenda aparece sob a imagem da apresentadora: MENTIROSA! PODEMOS VER NOS SEUS OLHOS QUE VOCÊ ESTÁ MENTINDO.

Whit e eu ficamos sem palavras. Meu irmão parece impressionado de verdade com os esforços de Byron, enquanto penso que ele acabou com minhas chances de me esconder de todos os dedos-duros das redondezas, adoradores da Nova Ordem.

Eu me lanço em outro ataque de leoa e Whit me agarra bem a tempo.

— Fique fora da minha vida, seu idiota! Chegou a passar pela sua cabeça que eu ficaria perfeitamente feliz se todos pensassem que estou morta?

— Pois digo que você mandou muito bem, Byron — Sasha me interrompe gentilmente. — Você gostaria de ser nosso líder da semana em breve?

— Só por cima do meu cadáver! — Arregalo os olhos para Sasha. Ele estava se referindo à tradição da Terra Livre de escolher um líder por semana, para evitar a corrupção que geralmente vem com o poder.

— Pois eu recomendo que se conforme rapidinho — diz o sr. Paternalista. — Vocês são, todos, figuras importantes no programa que mostra os mais procurados pela Nova Ordem. Eles têm fotos de todo mundo das missões, incluindo Janine, Jamilla, Emmet e Sasha.

Silêncio. Janine finalmente faz a pergunta que está na cabeça de todo mundo.

— Como?

— Sabe aqueles telões que vemos nas ruas na parte deles da Superfície? Eles funcionam como câmeras também. Se você está assistindo a um desses programas de notícias, é bem capaz que ele esteja vendo você também.

— Mas isso é impossível — Whit diz, sem dar a mínima para a ideia de Byron.

— Você está duvidando de mim? Então, olha só isso — ele diz. — Ele não só está controlando os programas da Nova Ordem, como também está se infiltrando nas nossas transmissões. Olhe!

Byron tira uma foto dele mesmo com o celular. Eu o arranco da mão dele e vejo a imagem. Meu queixo cai. Na foto, o rosto do Único Que É O Único está bem ao lado do ombro de Byron.

— Isso aqui provavelmente é só mais uma prova de que você é um traidor — digo e devolvo o celular para ele.

— Ah, é? — Byron rosna. — Então, por que acontece com todo mundo? — Ele se vira e tira uma foto de Whit.

Whit pega o celular e olha a foto. E fica branco na hora. Ele começa a tremer, e o tique nervoso que tem sobre o olho esquerdo começa.

— Viu só? — Byron dá um gritinho.

Whit balança a cabeça e passa o celular de volta para mim. Seu corpo todo treme e o tique nervoso piora.

E eu vejo o porquê: não é O Único Que É O Único quem está na foto. É Célia.

O Único capturou Célia.

Capítulo 15

Whit

MINHAS TÊMPORAS ESTÃO latejando e minha visão periférica começa a girar. Parece que meu coração vai saltar pela boca. Eu tenho de encontrá-la. Tenho de voltar à Terra das Sombras. Preciso ser engolido pelos olhos lindos da Célia, sentir seu cabelo, seu cheiro. Preciso me juntar a ela pelo menos uma última vez.

Deixo o celular na mão da minha irmã, abro caminho por entre os outros e saio correndo para a doca de carregamentos da loja. Tem um portal ali, um portal que prometi para Wisty jamais atravessar sozinho.

Infelizmente, preciso fazer isso; preciso da Célia. Não tenho livre-arbítrio nesse assunto.

Vou correndo com tudo para a parede do portal, pensando que, se ele se fechou desde a última vez que estive aqui, correr a toda velocidade em direção a uma parede de tijolos e cimento talvez me dê um pouco de juízo.

O portal se abre, mas viajar por ele é como nadar num rio de pedras. Respirar parece uma tarefa quase impossível, mas finalmente começo a absorver a escuridão e o frio penetrantes e vagamente familiares da Terra das Sombras.

É um lugar bizarro, que fica entre duas realidades, repleto de Meias-Luzes vagando por ali — almas dos mortos que estão presas por lá e que às vezes encontram o caminho para um mundo, mas não podem ficar nele por muito tempo. "Como fantasmas entrando e saindo do purgatório", penso.

— Célia! Célia, sou eu, Whit! Estou aqui!

Quero estar em todos os lugares ao mesmo tempo, para acabar com essa vastidão e estranheza o mais rápido possível. O problema é que saber onde se está na Terra das Sombras é como tentar se orientar no mar sob espessa neblina. Sem um GPS. Ou uma bússola. E talvez com um balde enfiado na cabeça.

Não posso me permitir ficar perdido. Mas não sei para onde ir.

— Célia! — Eu me viro e berro em outra direção; me afastar do portal poderia ter consequências desastrosas. Nunca estive sozinho aqui e me alertaram a não fazer isso.

Mas dessa vez eu consigo uma resposta.

No entanto, não é a resposta que eu desejava que chega até mim. Mas sim um gemido horrível, que faz meu coração sentir como se tivesse sido espetado por uma lança de gelo.

O gemido se afasta e então vem outro mais alto e mais próximo.

Desastre. Atraí a atenção dos Perdidos — humanos nada angelicais que estão na Terra das Sombras há tanto tempo que se tornaram um tipo de alma podre. Como monstros, acho.

Tento achar a saída. Cadê o portal?

Não consigo encontrá-lo. Aqui só tem essa neblina úmida e gelada por toda a parte.

Eles estão se aproximando. Sinto seu frio e o cheiro de mofo. Pense! Pense! Pense!

Com certeza vi algo vindo em minha direção. Uma figura escura na neblina — baixa, mancando, farejando. Viro um pouco à esquerda e vejo outra figura na névoa... ou três... ou seis.

Este pode ser o fim da linha para mim.

Viro-me de novo. O portal tem de estar à minha frente ou talvez mais um pouco à esquerda...

Aqui! Consigo sentir alguma coisa ou...

HUMPF.

Estou no chão. De costas. Sem ar. E então ouço um tecido se rasgando. Minha camisa?

Meus olhos estão abertos, mas só consigo enxergar essas silhuetas horríveis, figuras feitas de carne e de fumaça. Uma dúzia de mãos geladas sobre mim, me prendendo como se eu estivesse numa mesa de cirurgia.

Será que estou numa mesa de cirurgia? Mas o que será que eles querem, pelo amor de Deus?

O que é esse barulho? Alguma coisa quebrando? Essa sensação no meu ombro? Sinto como se minha carne estivesse sendo puxada, arrancada até. Mas não dói. Será que estou com frio demais para sentir algo? Ou em choque?

Vejo dentes quebrados, pontudos, malvados.

Tento me convencer de não fazer isso, mas não consigo: eu grito.

— Célia! — Choro, percebendo que essa, provavelmente, vai ser a última coisa que vou dizer. — Eu amo você!

Eles me seguram. Estão me mordendo. Estão me comendo?

Ouço um barulho novo vindo pela neblina. Será?

Um latido!

— Feffer! — Eu a chamo e eles param de me morder. Ou, pelo menos, fazem uma pausa. Será que os Perdidos percebem a presença da cachorra? Outro pedaço de carne fresca para eles?

Olho para os rostos vazios dos fantasmas enquanto eles procuram a origem do barulho com seus olhos amarelos e brilhantes. Um deles começa a gemer de novo. Olho para seu rosto de sombra e o reconheço. Fico chocado.

Será que estou alucinando ou é o traidor de todos os traidores, Jonathan, o altão?

Jonathan era um cara da Terra Livre que traiu uma das nossas missões mais importantes. Wisty quase morreu por causa dele. Por um momento, fico até feliz por vê-lo transformado numa criatura voraz do mal.

— Jonathan? — pergunto, mas ele se recolhe de volta à neblina. Algo começa a gemer furiosamente e a rosnar à minha esquerda. Feffer deve estar no ataque, a pobre cachorrinha vai morrer lutando. Quando dou por mim de novo, uma silhueta grande e marrom está puxando minha camisa rasgada.

— Feff! — grito quase sem ar enquanto Jonathan emerge de novo e se joga em minha direção com outra meia dúzia de criaturas sombrias e horrorosas, que parecem estar babando.

Vou cambaleando atrás da cachorra destemida e, embora esteja feliz como nunca por estar vivo, quase hesito quando Feffer pula para atravessar o portal.

Onde está Célia?

Capítulo 16

Whit

Se você já foi acordado por um barulho misterioso no meio da noite, conhece a sensação de adrenalina que me percorreu no segundo em que fiquei consciente. Meu corpo deveria estar com uma rotação de uns 400 cavalos. Tipo um carro esportivo de luxo.

Não sei bem, mas acho que foi assim que Janine acabou aparecendo no chão ao meu lado, de costas.

Aparentemente, ela estava colocando faixas e curativos no meu braço, e um apertão mais forte me assustou. Reação? Eu me virei e sem querer a joguei no chão.

É claro que Feffer me salvou na Terra das Sombras, essa era a única coisa de que eu me lembrava. Até esse momento.

— Meu Deus! Desculpe, Janine. Pensei que você fosse um Perdido. E que eu ainda estava na Terra das Sombras. Você está bem?

— O quê? Você acha que não aguento um golpe? Estou ótima! — Janine se apoia sobre as mãos e fica de pé. — Você, por outro lado, não está, não.

Olho de relance para o meu braço.

— Isto aqui? Ah, vai sarar.

— Seu braço pode sarar, claro. Mas... — Janine franze as sobrancelhas. — Você está seriamente machucado em outras partes. E talvez não tenha conserto. Seu coração, Whit.

"Acabado", penso. "Dizimado, até. Isso eu não preciso nem discutir."

Ela retorna à sua rotina de Enfermeira Janine com as bandagens.

— Todo mundo sabe que é missão suicida ir à Terra das Sombras sozinho; pelo menos sem muita experiência ou um plano para achar o caminho de volta. Wisty e eu estamos muito bravas com você. Você sabe quanto a sua irmã o ama?

— Estou bem. — A frase soa vazia, até mesmo para mim.

— Partir em missão suicida não é estar bem. Nós precisamos de você. Eu preciso de você. Será que isso... não quer dizer nada para você?

— Lógico que quer. Eu juro, Janine. Desculpe por ser tão... — A palavra que Célia usou me foge agora.

— Egoísta? — Janine finalmente dá um sorriso. — Tudo bem. Acontece com todo mundo, eu acho.

— Célia me disse para pensar na situação como um todo. Mas às vezes não consigo pensar em mais nada... a não ser nela. — Sei que não foi uma ótima ideia dizer isso para Janine.

Mas ela nem pisca.

— E como! Quer dizer, a maneira como você está lidando com tudo isso. — Ela termina de fazer o curativo e olha nos meus olhos.

— Bom... nem sei como começar a falar sobre isso. Célia desapareceu na nossa cidade e de repente tinha esse buraco no meu coração. Na minha vida. Fazíamos tudo juntos e, de repente, ela sumiu.

Janine nota que meu diário está ali perto.

— E se você tentar escrever sobre isso, em vez de falar?

— Na verdade, eu escrevo. Eu tenho... — Será que devo contar para ela? — ... um poema. — Solto uma risada nervosa. — Não é nada. É bobo.

— Um poema? — Janine parece surpresa. — Você pode ler esse poema... para mim?

— Hum... eu não acho que...

— Por favor, Whit. Seria muito importante para mim.

— Tá. Tudo bem. Mas você tem de me prometer que não vai contar para ninguém, principalmente para minha irmã. Isso fica entre nós.

— Eu juro — ela promete. Confio nela mais que em qualquer outra pessoa no mundo, além da Wisty. Janine é uma pessoa muito doce.

Mas, mesmo assim, ainda não acredito que estou lendo isto aqui para ela.

Julguei que a alegria e a saúde pudessem ficar comigo
Mas tudo se foi, e a dor vem pedir abrigo.
A vida segue assim, como um mau presságio,
E assim deve ser para sempre; porque a mente se fecha
Em solidão, e meu coração é um naufrágio...
Estou entorpecido, nada mais faz sentido,
E nada mais desejo ser.

Quando termino, Janine está me olhando com um jeito pensativo. Não sei bem se ela gosta do poema ou o odeia. E então, percebo que os olhos dela estão cheios de lágrimas.

— Você está bem? — Estico a mão e toco o braço dela. Sua pele é macia e morna.

— É tão... lindo — ela diz, enxugando uma lágrima com a manga da blusa. — Não é bobo, não. Não tem nada de bobo.

E, quando dou por mim, Wisty está saindo de trás de uma arara de roupas.

— Isso aí é um poema da Lady Myron — ela diz, sem acreditar. — Quer dizer, se me lembro bem das aulas da professora Magruder no oitavo ano.

Capítulo 17

Wisty

O ROSTO DO WHIT está tão vermelho que me sinto meio mal por ter falado aquilo.

— Hum — resmungo. — Me desculpem por interromper.

Eu deveria ter tapado os ouvidos e saído fora quando o Whit começou a falar em poesia. Mas perder a primeira sessão de leitura de poemas do sr. Whitford P. Allgood não seria nada, bem, digno de uma irmã.

Janine olha para mim como se eu fosse a irmã caçula pestinha dela, e não a do Whit.

— Você estava escutando a nossa conversa?

— O que você esperava? Sou uma espiã da Resistência... — Contra-ataco, tentando me desvencilhar dos olhares curiosos. — E não se esqueçam disso, crianças. — Whit revira os olhos. Está na cara que ele levantou com o pé esquerdo da cama hoje, quer dizer, do chão, neste caso. — Então, você já soube da nova missão, irmão? É complicadinha.

— Eu não quis contar para ele. — Janine me lança um olhar atravessado. — Ele vai querer ir e não está em condições de...

— Eu decido isso. — Whit a interrompe. — Você não é minha mãe.

Ui, ui. Agora nem falamos mais sobre o papai e a mamãe só por falar.

Janine fica meio magoada, e então deixa para lá. Alisa sua calça cargo ao se levantar.

— Além disso, nem sei se algum de nós deveria ir. A inteligência faz esta missão parecer ainda pior que aquela que matou a Margô.

Começo a soltar fogo pelas ventas.

— A missão que matou Margô é exatamente o motivo pelo qual precisamos fazer isso, Janine. Precisamos terminar o que ela começou.

— Onde é? — Whit pergunta, se esforçando para se levantar.

— Eles chamam esse lugar de Centro de Aculturação — Janine explica enquanto se agacha para ajudá-lo. — Eles dizem que é uma escola, não uma prisão, mas, na verdade, consegue ser pior. Parece um tipo de campo de trabalhos forçados. Só tem criança bem novinha lá.

— Quantas?

— Quase cem — ela nos conta. — Mas estou preocupada é com a lavagem cerebral que rola nesse lugar. Em vez de encontrar cem prisioneiros querendo escapar, corremos o risco de ver todos se virando contra nós. Na verdade, a Nova Ordem está programando todos a fazerem exatamente isso.

— Precisamos ir — insisto.

— É isso mesmo — Whit concorda. — O Único provavelmente espera que fiquemos aqui lambendo nossas feridas, e nem imagina que somos capazes de fazer um negócio perigoso como esse.

Ele pega um moletom novo de uma arara e começa a vesti-lo.

Janine está perdendo a paciência. Ela cruza os braços com um ar autoritário.

— Whit, é uma péssima ideia.

Os olhos dela se viram para uma arara cheia de bermudas de ciclista de onde, de repente, brota uma cabeça.

Byron!

— Tenho más notícias para todos vocês — ele diz, já puxando o saco. — Gostariam de ouvi-las?

— Você não estava escutando a nossa conversa, estava? — pergunto, indignada.

Ele dá risada.

— "Eu sou um espião da Resistência, e não se esqueçam disso, crianças!" — Ele me imita. Reviro os olhos.

— E aí? Estamos esperando suas más notícias.

— Só porque a Margô foi... eliminada — Byron enfatiza —, não quer dizer que a Janine de repente virou a líder da semana. Nem você, Wisty, nem o Whit. Essa missão não é decisão sua.

— É decisão de quem?

— Minha — Byron anuncia empinando o peito, ridículo. — Enquanto Whitford recitava poemas de amor e Janine ajudava o sr. Herói a sarar, vocês perderam a votação do grupo no departamento de decoração para líder da semana.

Ele dá uma risadinha que mais parece um cacarejo, enquanto ficamos ali de olhos arregalados e queixo caído.

— Na próxima vez, vocês devem se preocupar mais com seus deveres cívicos.

Pelo jeito é possível tirar um cara da Nova Ordem, mas não se pode tirar a Nova Ordem de um cara.

Capítulo 18

Wisty

Você já tentou cortar todo o cabelo de uma pessoa com uma tesoura?

É incrivelmente difícil fazer isso sem apelar para aquele estilo hospício. Na verdade, eu até corto direitinho o cabelo do Whit, e ele fica parecendo um herói de filme de guerra. Mas, pelo jeito, o corte retalhado que Emmet faz no meu cabelo não tem o mesmo efeito. (Eu jamais deixaria meu irmão chegar sequer perto do meu cabelo com uma tesoura na mão.)

— Pelo menos você não tem mais de se preocupar com aquele cabelo ruivo de bruxa! — Bryon cacareja quando paramos no Centro de Aculturação. — A não ser com uns ninhos de rato aqui e ali.

— Quem foi que convidou você para esta missão mesmo, B.? — rosno para ele, apesar de não termos escolha. Ele é quem vai arrumar um jeito de entrarmos ali, apesar de eu não deixar de pensar que é uma armadilha. Não consigo confiar em Byron Swain.

Pelo menos Sasha e outros meninos estão conosco, mas eles ficaram cuidando dos carros para a fuga, escondidos atrás das árvores.

Byron exibe seu portfólio de distintivos, medalhas, carteirinhas e documentos de identidade da Nova Ordem para os guardas na entrada, e então nos arrasta pela porta, algemados, até a secretaria de registro.

O lugar todo tem aquele ar sem graça da Nova Ordem. Se fosse uma blusa de gola alta no meu catálogo da K&A, se chamaria "Água (suja) de Lavar Prato".

— Estou com Stephen e Sydney Harmon aqui — Byron diz com um tom exagerado de autoridade. Ele interpreta esse papel tão bem. Talvez por que não seja papel coisa nenhuma? — Eles foram transferidos do CDA número 625. O Único Que Redistribui está à espera deles; acabei de falar com ele há mais ou menos uma hora.

— Certamente, sr. Swain. Eles estão sendo aguardados. Os elevadores ficam ao final do corredor, à esquerda.

Byron está se sentindo em casa e, de um jeito bem teatral, nos leva aos empurrões na direção dos elevadores. Depois que descemos alguns andares, ele nos empurra porta afora.

— Ok, Harmons. — Ele sorri. — Agora é com vocês. Vejo os dois do outro lado.

Apesar de meio que odiar Byron, tenho de admitir que entrar em algum muquifo da N.O. nunca foi tão fácil. E o momento é perfeito: assim que o elevador se fechar atrás de nós, encontraremos um grupo de crianças passando por ali e entraremos no final da fila.

Esses "alunos" são patéticos de dar dó. Magrelos, sem esperança, parecem ter medo de tudo e são silenciosos como monges. O espírito de raiva e rebelião dessa galera mais nova foi arrancado dela. Nenhuma reclamação, nada de sarcasmo, nada de nada. São tão acuados que nem percebem a nossa chegada.

Seguimos a procissão enquanto o grupo passa por uma porta de duas folhas ao final do corredor.

Para começar, quase ficamos cegos com a luz branca-azulada brilhante que nos atinge, mas, quando nossos olhos se ajustam, parece que estamos no que deveria ter sido, um dia, a quadra coberta de uma escola, mas ao mesmo tempo muito diferente e sinistra.

Todas as arquibancadas foram retiradas e esse salão, incluindo o palco, está ocupado por máquinas, uns tambores cheios de produtos químicos e um monte de crianças e adolescentes em camisetas numeradas, trabalhando como escravos de uma mina de diamantes. Alguns deles carregam sacos, outros mexem a mistureba dos tambores ou empurram equipamento técnico de um lado para o outro.

Nossos olhos estão ardendo como se tivesse alguma coisa venenosa no ar. O lugar fede a borracha queimada, ozônio e, estranho — "Mas será?" —, chocolate. Chocolate tóxico. Será que isso existe?

E então ouvimos um barulho de flauta, em dó, se não me engano, e um monte de crianças, todas usando camisetas com o número doze, de repente para de trabalhar.

Avisto o único adulto na sala, um cara todo empinado, vestido com um jaleco branco de laboratório, tirando da boca um tipo de afinador prateado preso num cordão.

— Atenção, Pelotão Doze! — ele berra, espera um momento e então as veias no pescoço dele baixam, enquanto ele revira os olhos. — Será que alguém se lembra? Vocês não podem, sob circunstância alguma, soltar os recipientes!

Ele toca uma nota diferente no afinador e todos eles fazem que sim com a cabeça, como robôs.

— Como esses dois sacos contêm espécimes danificados — ele diz, erguendo dois sacos acima da cabeça —, vocês todos terão de trabalhar a noite toda, sem dormir!

— Ma... — solta uma menina dos olhos fundos.

— Mas o quê?! — o homem berra. — Você acabou de falar "mas" para mim? Será que preciso refrescar sua memória e dizer que discutir com um cientista sênior requer nível dois de castigo corporal? — O cara sai correndo em direção à menina (que provavelmente é um quarto do tamanho dele) para prensá-la contra a parede.

Quero sair correndo e acabar com esse cara, e tenho que estender a mão e pegar no braço do Whit para impedir que ele faça o mesmo. Não podemos ter um ataque de heroísmo. Ainda não.

A menina começa a chorar, o primeiro sinal de emoção que vejo nesse lugar até agora. Um olhar de nojo toma o rosto do "cientista sênior" e ele toca um fá bem mal-educado no afinador.

Numa reação imediata, a menina bate a cabeça contra a parede.

Ele ri e toca o afinador de novo. E a menina *PÁ!* com a cabeça na parede.

Afinador. *PÁ*. Afinador. *PÁ*. É de revirar o estômago, não consigo mais me controlar. Não consigo.

— Senhor! — grito, indignada. Putz. Vou me ferrar. Pode me matar agora. É claro que ele se vira imediatamente e manda um olhar que me atravessa como uma adaga de lá do outro lado do salão.

— Vocês dois, venham aqui!

Capítulo 19

Whit

Eu amo a minha irmã, mas com certeza ela não tem o, hum, *DNA emocional* de espiã. Ela é 99% paixão, 1% planejamento. Mas antes que eu tenha a chance de tentar consertar essa situação, o cientista sênior e louco vem correndo na nossa direção como um zumbi muito doido.

— Vocês não sabem que ser flagrado sem o uniforme adequado do pelotão é motivo para confinamento na solitária? Vou dar três segundos para vocês me dizerem o que é que estão fazendo aqui antes de acionar o alarme e levá-los presos!

Puxo Wisty para frente, com ar de confiança.

— Senhor! Stephen e Sydney Harmon, se apresentando ao esquadrão doze para o trabalho com os recipientes, senhor! — Bato continência para ele só para garantir, e Wisty me imita rapidinho.

De repente, as veias do Chefe do Laboratório, que pareciam prestes a explodir, passam a pulsar mais devagar.

— Ah! Os famosos Harmon! Não estava esperando vocês tão cedo assim, mas estou muito satisfeito por estarem aqui.

Ele se vira para seus "alunos".

— Pelotões! Os Harmon são alunos nota AAA do CDA número 625. Eles são líderes em sua categoria, foram premiados com as Estrelas de Honra de Líderes do Setor, e servirão de modelo para vocês. Isso é muito bom! É excelente!

Gol! Pelo jeito o trabalho de investigação do Byron foi bom. Esses irmãos Harmon iam ser mesmo transferidos hoje, mas interceptamos a chegada deles, como planejado.

O Chefe do Laboratório se aproxima de Wisty e de mim. O hálito dele tem um cheiro que não sinto há muito tempo, mas que me é bem familiar: álcool. Rigorosamente proibido pela Nova Ordem.

— A primeira tarefa de vocês, irmãos Harmon, é supervisionar o laboratório por alguns minutos. Vou lá fazer uma coisa que ninguém mais pode fazer por mim, sabe como é! — Ele dá uma risadinha sem graça. — Mas é claro que vocês sabem como o Afinador de Comando funciona, certo?

— Absolutamente, senhor — respondo, apesar de não termos a menor ideia. Ele coloca o afinador nas minhas mãos e se vira para o restante do grupo.

— Pelotões! — ele berra como se todo mundo fosse surdo. — Se a produtividade não aumentar em dez por cento durante a minha ausência, todos vocês serão mandados para o Escritório de Castigos Corretivos Elétricos!

E assim, nos deixando com aquela bela imagem de terapia de choque e Deus sabe lá o que mais, ele desaparece pelas portas duplas do laboratório.

— É isso mesmo? Ele acabou de nos deixar no controle deste laboratório inteiro? — Wisty vira a cabeça para o lado e sussurra para mim.

— Parece que sim. Mas não sei o que podemos fazer com isso.

— E essa galera toda é controlada por esse afinador?

— Tipo uns cachorros ensinados, eu acho — respondo, me lembrando da menina batendo a cabeça contra a parede.

— Mas não pode ser tão fácil assim, né?

Olho para o afinador, limpo o cuspe nojento daquele doido com a manga da camisa e sopro com toda a força, como um árbitro num jogo de basquete.

Todas as crianças do salão congelam e, quase em câmera lenta, uma por uma cai no chão. Não, não, não, não, não. Mas o que foi que eu fiz?

Capítulo 20

Whit

— Ai, meu Deus, Whit! Eles mor...? Eles morr...? — Wisty começa a gaguejar. Jogo o afinador para ela, vou correndo até o moleque estatelado mais próximo e checo o pulso dele.

— Vivo — falo para ela e sinto meu corpo relaxar. — Mas estamos todos mortos se o Chefe do Laboratório voltar agora. Você sempre foi a música da família, Wisty! Tente tocar isso aí! Rápido!

Ela pega o afinador e toca um monte de escalas diferentes pelas três oitavas do instrumento. Depois de tentar uma meia dúzia delas — Caraca! —, todos os membros do pelotão ficam nos encarando, paralisados. Mas pelo menos estão vivos.

— Diga alguma coisa — Wisty sussurra. — Dá um comando para eles.

— Todo mundo de pé! — grito.

Não rola nem uma pausa. Ficamos olhando-as com cara de bobos enquanto todas as crianças se levantam e começam a pular no lugar. A coisa mais esquisita é que... elas sorriem enquanto pulam.

— Uau! — De repente me dou conta de que esta é a coisa mais divertida que têm feito ultimamente. Pelo menos é o que eu acho.

Wisty tem de soprar mais uma dúzia de notas para fazer com que elas parem. Enquanto isso, conseguimos descobrir qual nota é usada para cada comando.

Estou ficando ansioso.

— Sydney, o chefe está fazendo o xixi mais longo da história e vai voltar em questão de segundos. — Regra de espião número 1: nunca deixe de encarnar o personagem. — Vamos fazer isso logo!

Minha irmã toca rapidamente umas seis escalas e, apontando para mim, grita:

— Sigam esse cara! — E eu saio correndo pela porta do laboratório.

Chegamos ao corredor, Wisty cuidando da retaguarda do pelotão de jalecos brancos. O único problema é que, a quase 20 metros, no mesmo corredor, o Chefe do Laboratório voltava de sua missão.

— Parem, parem todos vocês! Parem em nome do Único...

Sem perder o ritmo, sigo em frente, uma tática que aprendi no futebol americano. Num golpe, solto meu ombro direito devastador na boca do estômago do "chefe", mandando-o de cara no chão de lajota institucional, onde, antes que consiga se proteger, é pisoteado por 24 grupos de escravos de laboratório menores de idade.

Parece que minha cabeça vai rachar ao meio com o barulho dos alarmes; eles berram de todos os cantos. O corredor ficou totalmente escuro, a não ser pelas luzes de emergência.

Enquanto seguimos em direção à escadaria do porão, ouço passos de botas vindo como um trovão lá de cima. Uma legião deles.

De trás de mim, a música maluca da Wisty não para e fica ainda mais frenética, como a trilha sonora de um filme. O que ela está fazendo?

— Por aqui! — berra uma voz no final do corredor, longe da escadaria. Byron?

Eu me viro e lidero a garotada em direção à voz dele, rezando para ele estar se comportando nesse momento. Na verdade, essa galerinha até que é bem rápida, talvez porque esteja acostumada a cumprir as tarefas à maior velocidade para não tomar cassetete na cabeça.

No entanto, não é mais rápida que os guardas entupidos de esteroides da Nova Ordem. Esses armários estão a uns 20 metros agora. Quinze? Dez?

ZzzzzzzPING! O fio de uma arma paralisante quase acerta a minha cabeça, mas bate no corrimão de metal perto da minha mão.

Byron está levando todo o pessoal até uma passagem secreta, que deve levar a uma saída subterrânea. E Wisty ainda está tocando o afinador como se fosse o flautista de Hamelin.

Entre os flashes das luzes de emergência, testemunho uma cena surreal por cima do meu ombro. Soldados diminuindo o passo, dando rodopios numa roda em volta de Wisty... hipnotizados... pela música?

"Vamos conseguir sair daqui," penso. E seis armas paralisadoras me atingem bem nas costas.

Capítulo 21

— É ELA! — exclama O Único, com uma mistura de ódio e admiração de quem sente inveja. As câmeras de segurança no Centro de Aculturação número 73 gravaram a cena bizarra dos guardas (um esquadrão de elite da Nova Ordem, como não deixaria de ser!) sendo dominados por, entre todas as coisas nesse mundo, um mero Afinador de Comando de três oitavas. Ela era a única que poderia ter aquele tipo de poder...

A imagem é bem escura e ele mal consegue distinguir o que está acontecendo entre os flashes das luzes de emergência, mas tem certeza de que Wisteria Allgood é a autora desse crime. No entanto, como ela e, presumidamente, seu irmão insípido conseguiram entrar naquela escola? Eles não passam de adolescentes idiotas!

O Único se lembra da última vez que a perdeu, na praça, e depois na perseguição maluca pela cidade. Ela e seu irmão eram Curvas, capazes de viajar através de portais. Portanto, seria possível que...

— Tragam-me O Único Que Comanda as Tropas dos Portais, agora! — ele grita.

Um momento depois, um jovem com o cabelo cuidadosamente penteado, um cavanhaque absurdo num queixo tão pequeno, capaz de ser confundido com seu pomo de adão, é escoltado para a sala por dois guardas corpulentos. Ele está usando um uniforme militar com a insígnia E.P.N.O. em metal sobre o lado esquerdo do peito, o que o torna um oficial da Elite dos Portais da Nova Ordem, um esquadrão de soldados especiais cujos membros estão entre os poucos e raros Curvas permitidos na Nova Ordem.

— Comandante — diz O Único Que É O Único —, pode me dizer por que não fui informado de que havia um portal que levava ao porão no Centro de Aculturação?

— Vossa Eminência — ele responde —, não há portal algum no centro. Esse local é limpo de portais.

O Único ri tão alto que o comandante dos portais dá um pulo.

— O que você acabou de dizer, essas palavras que proferiu com tanta confiança e aprumo, não significa nada para mim. Se estou dizendo que existe um portal, é porque existe um portal! Você está me entendendo?

— Bem, Vossa Eminência, o centro inteiro foi inspecionado há menos de uma semana.

— Temos evidências de portais que se formam em questão de vinte e quatro horas ou menos. Deve ser um novo portal. Agora você está me entendendo?

O comandante se mexe desconfortável em seu canto.

— Sim, senhor. O senhor já, hã, considerou a possibilidade de magia, senhor? — Ele dá uma risadinha nervosa, percebendo que a palavra é, claro, banida, a não ser nas rodas mais altas da Nova Ordem ou em certas emergências, como esta.

— Você acha isso engraçado? — O Único exige saber. A voz dele é tão fria e comedida que acaba mandando ondas e ondas de um vento gelado na espinha do comandante de portais.

O Único se vira para o outro lado e assiste ao vídeo da câmera de segurança mais uma vez, sorrindo enquanto a bruxa passa rapidamente sobre um tapete de soldados... mortos? Em transe? E então desaparece em meio à escuridão.

— Com certeza é ela quem tem o Dom.

— O que o senhor quer dizer com isso? — pergunta o comandante de portais.

— Você precisa me dizer para onde aquele portal leva. Despache seus melhores soldados por ele para se infiltrarem entre os rebeldes da Resistência. Agora! Falhar não é uma opção.

Capítulo 22

Wisty

Nem sei como dizer como foi incrível quando voltamos para a Garfunkel's. Recebemos boas-vindas dignas de heróis. É claro que o senhor rei dos bailes de escola, Whit Allgood, está acostumado com isso. Mas gente que mata aula, como eu, raramente recebe o aplauso da galera.

Janine se joga nos braços de Whit, ele não parece se importar e a abraça também.

Enquanto isso, Emmett me surpreende com um abraço de urso e fica ali por um pouquinho de tempo a mais que o esperado. Talvez como se... ele tivesse ficado um tantinho preocupado comigo?

Até parece, né? Ele interrompe minha fantasia patética esfregando as mãos na minha cabeça pelada.

— Sua careca é linda! — Ele dá risada.

Fico vermelha de vergonha, mas feliz. Estou tão empolgada que nem fico muito irritada quando Byron é erguido nos ombros de crianças de cabeça raspada como se fosse um herói. Deixo essa passar. Não teríamos conseguido cumprir essa missão sem ele, acho.

Byron uiva como um idiota, mal podendo acreditar em todo o "amor" que está recebendo pela primeira vez em sua vida inútil. Pobre fuinha! E então, finalmente, se deixa cair para trás, e a multidão ensandecida começa a passar Byron ainda deitado de mão em mão, como se ele tivesse dado um *mosh* na galera. É loucura. Mas é muito bom poder celebrar, para variar um pouco. Estou repleta de sorrisos em vez das lágrimas e das caras tristes de sempre.

Sasha dá um encontrão em mim e sorrio para ele.

— Se o fuinha vier para cá, vou deixá-lo cair no chão — digo para manter a fama de Wisty, a eternamente ingrata.

Sasha ignora minha brincadeira.

— Você está tão punk rock! Eu gosto. Combina com você.

— E você está parecendo um balde de pus de lagarto congelado... — Ainda estou sorrindo.

— Estou falando sério. Você está totalmente hard-core. Talvez possamos até usar você no show.

— Que show? — Alguém dá um empurrão em mim e quase perco o equilíbrio. — Não temos coisa mais importante para fazer? — pergunto, mas tenho de admitir que estou curiosa.

— Esse show é importante. É uma ótima oportunidade para recrutar gente nova para a causa. Acredite em mim. E talvez até de investigar o que as outras unidades da Resistência sabem. E, como um bônus, o show quebra todas as regras bonitinhas deles!

Só Deus sabe como eu adoraria ouvir um pouco de música de verdade. Quase tudo foi banido pela Nova Ordem por alguma razão imbecil. Provoca "desordem" demais, eu acho. E alegria.

De repente, fico morrendo de vontade de ouvir música e é como se Sasha estivesse lendo meus pensamentos. Ele me leva pela mão para longe do *mosh* e tira sua guitarra de debaixo de um dos balcões de maquiagem.

— Ando treinando... — Ele começa a tocar um refrão e abro um sorriso. Conheço aquela música. Parece que já faz uma vida inteira desde que a ouvi pela última vez; sinto um arrepio na espinha.

Começo a cantar logo no primeiro verso e Sasha para de tocar por um minuto.

— Você conhece essa música?

— Você está de brincadeira? Eu respiro essa música. Dê a guitarra para mim.

Sasha me passa a guitarra, meio com cara de bobo. Mas, quando toco o primeiro acorde, sinto como se tivesse ligado um botão dentro de mim, como se estivesse passando eletricidade por todo o corpo, e, de repente, apesar de a guitarra não estar ligada nem nada, parece que estou ligada num amplificador profissional.

Subo alguns degraus da escada rolante parada para ver a multidão lá embaixo e começo a cantar bem alto os primeiros versos da música. Fecho os olhos ao sentir a letra da música tomar conta de mim e então sair com uma mistura de alegria e dor. Não consigo me controlar e canto essa música maravilhosa que todo mundo cresceu ouvindo. O nome dela é "Born to Fly", escrita e cantada por Luce Winsterstein, um dos meus cantores favoritos.

E, ao cantar o refrão final da música e abrir os olhos, vejo a população inteira da Garfunkel's olhando para mim, Wisteria Allgood, e estão aplaudindo e fazendo a maior festa. Enquanto isso, Byron ainda está dando *mosh* — ou sendo "moshado"? — lá embaixo.

Fico chocada ao perceber que o som, aquela música incrível e tão alta que faz tremer meus ossos, não está tocando apenas na minha cabeça! Tem uma parede inteira feita de amplificadores que, pelo jeito, invoquei e fiz aparecer do nada.

Toco o último acorde com tudo, seguro a nota e, no final, solto um "Oh, yeah!".

Bom, pelo jeito meus poderes voltaram.

Capítulo 23

Wisty

Tudo isso aqui é proibido, *banido* e talvez por essa razão seja tão incrível. Apenas um momento no Festival Musical Stockwood e parece que fomos transportados do pesadelo da Nova Ordem para o sonho de um lugar nosso, onde nós mandamos, cheio de música, de música boa mesmo, música incrível que faz todo mundo querer dançar, o que também é proibido.

— Não sei o que o Whit estava pensando quando desistiu da oportunidade de vir aqui — digo a Janine, que está atrás de mim, nós duas meio que andando e dançando ao mesmo tempo. Meu irmão tinha insistido em ficar para cuidar das crianças na Garfunkel's, o que é a cara dele. E tinha também resmungado alguma coisa sobre um "pressentimento" de que algo ruim poderia acontecer se não tivesse ninguém ali para colocar ordem na loja, o que não é nada a cara dele.

Mas isso... isso aqui é uma oportunidade única nesses tempos de Nova Ordem.

— Vou dar um chute na bunda do Whit quando voltarmos, para ver se ele aprende.

Janine fica vermelha com a menção da bunda de meu irmão. A menina é só cérebro e coração, mas, quando você fala alguma coisa do corpo de alguém, ela fica com vergonha.

— É — ela diz e de repente dá uma de psicóloga. — Ele precisa mais disso que qualquer um de nós.

O show está rolando onde ficava um tipo de represa subterrânea de uma cidadezinha chamada Stockwood. A represa foi totalmente drenada e agora está mais para uma caverna enorme, do tamanho de um estádio, iluminada por holofotes portáteis. Sinto como se estivesse no cenário de um filme: tem gente passando à minha frente vestida de todo jeito, de monges medievais a ninjas com o rosto pintado de branco e capas pretas.

Não é à toa que a criatividade foi banida. É legal demais para a Nova Ordem conseguir controlar.

— Não sabia que o tema da festa era "Venha vestido como seu herói favorito de HQ". — Faço uma observação para Sasha e Emmet.

— Não é bem assim — Sasha explica. — As pessoas se vestem assim para homenagear os personagens dos filmes e livros que adoravam e foram banidos.

— Adoram. Tempo presente. — Não vou deixar a N.O. tirar isso de nós.

— Com certeza — diz Emmet com seu sotaque arrastado. — Isso aqui também serve para nos sentirmos mais poderosos.

E dá mesmo para ver o que ele quer dizer. Tem faixas e cartazes por todo canto com as frases "N.O.: NEM PENSAR" e "RECADO PARA A N.O.: O SONHO N.A.O. ACABOU!".

Bem naquela hora, sentimos um tremor. Poeira e pedrinhas despencam do teto. Tenho um momento de pânico e olho instintivamente ao redor, meio que esperando os soldados virem num turbilhão para cima de nós.

Todo mundo fica preocupado, mas logo passa. Momentos depois, voltamos a conversar, cantar e pregar a Resistência. É como se nada tivesse acontecido. Uma bomba da Nova Ordem deve ter aterrissado bem acima da nossa cabeça. E daí? Quem está na chuva é para se molhar.

E, falando nisso, lá vem o Fuinha encher o nosso saco.

— Oi, pessoal! — O olhar convencido de Byron me faz querer vomitar. — Consegui adquirir alguns tickets para o camarim. É FESTA!

É festa? Acho que todas as vezes que lhe disse para parar de falar como um imbecil finalmente deram certo, mas não sei se estou gostando do resultado.

— Não estou interes... — começo a dizer, mas Janine me interrompe.

— Você conseguiu tickets para o camarim? Você está falando que vamos conhecer os Bionics?! — Janine berra como se fosse a primeira fã histérica do mundo. Que estranho, por essa eu não esperava mesmo. Ela levanta Byron do chão com um abraço. Caraca, esses Bionics devem ser bons mesmo.

— Mas eu achava que ia rolar um esquema microfone aberto nesse show — comento.

— E é assim mesmo — Byron responde quando Janine o solta. — Mas eles vão tocar de graça. Por que você quer saber? Você quer cantar lá no palco?

— E se eu quisesse?

Começo a ficar vermelha de vergonha, até Byron responder como se mandasse no show todo.

— Bom, coloco você na lista. Considere essa questão resolvida.

— Deixe para lá! — Não posso dar esse gostinho para Byron. — Não estou interessada. Esqueça.

— Ah, vai, Wisty — diz Janine. — Você cantou tão bem lá na Garfunkel's.

Bem naquela hora, outra bomba explode lá em cima e uma chuva de terra e pedrinhas cai do teto. Byron nem pisca. Ele simplesmente se vira e segue em direção ao palco.

Janine, Emmet e Sasha não se aguentam de tanta empolgação. Enquanto isso, estou aqui pensando "Nossa, não é muito inconveniente estar numa caverna subterrânea no meio de uma guerra? Toneladas de pedras poderiam cair e nos enterrar vivos a qualquer momento, não é mesmo?".

No entanto, esse pensamento não tira a força da energia incrível do show. No palco, está uma banda que usa apenas a voz para criar o som de uma série de instrumentos. Alguns deles produzem o som de guitarra; outros, de baixo, bateria, trompete e de uns instrumentos que nem foram inventados ainda.

Janine está rindo e apontando para o palco. É como se, apenas por estar lá, seu comportamento tivesse mudado totalmente. Ela está agindo como... uma pessoa normal.

Em seguida, assistimos a uns caras mais novinhos fazendo uns duelos incríveis misturados com passos de balé. Eles saltam e giram, desafiando a gravidade.

E, então, se apresenta um grupo de dança de arrepiar, que faz o show todo sobre pernas de pau. E o espetáculo continua...

Se tem uma coisa que me enche de esperança é saber que temos tanto talento para lutar contra a Nova Ordem.

Talento e paixão.

É por isso que assustamos tanto a N.O., não é? É isso que temos e eles não têm. Nós temos esse dom.

Capítulo 24

Whit

MAS O QUE FOI que eu fiz?

Estou sentado no telhado da Garfunkel's, uma loja de departamentos bombardeada e em ruínas, olhando para o diário no meu colo. Como é que fui capaz de colocar aquilo num pedaço de papel? Ou de pensar naquilo, para começo de conversa?

Esse poema que acabei de escrever não foi plagiado de Lady Myron nem de mais ninguém. Tenho de assumir a responsabilidade total por essas palavras nojentas.

Olho para o horizonte, além dos limites dessa cidade acabada, e para os morros amarelados. Vejo bombardeiros passando ao longe, seus rastros ficando cor-de-rosa à luz do sol que se põe. Será que o mundo virou de cabeça para baixo? Que tudo que era normal ontem está extinto hoje? Ou esse papo da Célia está me deixando totalmente louco e me transformando num poeta obcecado pela morte?

Começo a ouvir vozes.

Corro para a beira do telhado e olho para baixo, para a rua toda bombardeada. Um grupinho de uns caras meio vagabundos de camisetas pretas e jeans está rindo e andando em direção à entrada do prédio. Não faço a menor ideia de quem sejam, mas pelo menos sei que ninguém empregado pela Nova Ordem usa jeans e camiseta. Nem tem cabelo comprido.

Mesmo assim, estou com um pressentimento ruim. Exatamente como disse para Wisty, antes de ela e todo mundo ir a Stockwood.

Desço pela escada de incêndio para ver o que está rolando com os caras.

Dizem que fazem parte de uma banda e estão procurando Stockwood. Mas como é que um bando de músicos não saberia onde está rolando o maior show da história da Terra Livre? É meio suspeito...

O que é suspeito também é que esses caras são uns imbecis. Eles não param de dar risadinhas e tapas nas costas uns dos outros, dizendo coisas como "Aí, sim!" e "Já é!", expressões usadas por conselheiros de escola quando querem forçar um pouco a amizade.

O líder, um cara com toneladas de gel no cabelo e um cavanhaque ridículo, me examina da cabeça aos pés.

— É você quem manda aqui? — ele pergunta.

— Na verdade, ninguém manda aqui. E não tem ninguém aqui, de qualquer maneira.

— Eles estão no festival de música? — ele pergunta.

— Algo do tipo.

— Você sabe chegar lá? Como falei, fazemos parte de uma banda. Os Necas. Já ouviu falar de nós?

Resisto à resposta óbvia e dou de ombros.

— Acho que é num estádio na próxima cidade, pela antiga interestadual, tipo a uns 30 quilômetros ao sul daqui.

— Jura? Ouvi dizer que era para o norte, cara. Para o outro lado.

— Bem, foi isso o que me contaram — respondo. — Mas não sei mesmo. Foi mal, cara.

— Bom, vamos voltar para cá se você estiver errado — ele diz com ameaça na voz. — Ah, você sabe me dizer uma coisa? Wisteria Allgood vai estar lá? Em Stockwood?

— Wist-quem? — respondo, rezando para ele não perceber minha cara de pânico. Eu entrei em pânico.

— Wisteria Allgood, a líder da Resistência Jovem — ele repete.

— Acho que já ouvi falar dela, mas não sei. — Isso aqui só está piorando. De Resistência "Jovem" não é como nos chamamos, não mesmo.

Sinto um arrepio e olho de novo para os caras como se não estivesse nem aí.

— Olhe, gente, está ficando tarde e tenho de encontrar uns amigos para um jogo. Vocês querem vir?

— Somos músicos, não atletas — ele diz, estreitando os olhos para mim. — Vamos, pessoal. É melhor irmos andando se quisermos detonar nesse show.

E, com essa frase ridícula — uma prova de que esses caras não são roqueiros coisa nenhuma —, eles se viram e vão embora. Fico de olho até eles dobrarem a esquina.

Assim que tenho certeza de que os roqueiros de meia-tigela se foram, desço a escada de incêndio três degraus por vez. No meu quarto improvisado, abro o diário para dar outra olhada no poema que tinha escrito algumas horas antes. E, graças a uma magia do outro mundo, vejo uma mensagem curta em vez da poesia.

Curta e grossa.

VÁ ENCONTRAR SUA IRMÃ. ELA PRECISA DE VOCÊ.

NÃO CONFIE EM ESTRANHOS.

E está escrita com uma letra familiar. Parece a letra do meu pai.

Então, eu pisco e a mensagem desaparece.

Folheio o diário como um louco, esperando encontrar a mensagem para me convencer de que não estava alucinando, mas acabo dando de cara com meu poema mais recente.

Outra onda de pânico me invade.

Mas como é que fui escrever um poema de seis páginas sobre a morte da minha irmã?

Capítulo 25

Wisty

Tenho de admitir que quase fico doida ao ver o nível de talento que passa por aquele palco. Mas também sei que essa galera pode ser brutal se não curtir a música.

Quase agradeço Byron pelos tickets para assistirmos a tudo aqui do palco. Estamos tão perto que conseguimos ver as gotinhas de suor dos integrantes da banda, o formato que a boca do cantor assume para pronunciar determinada palavra e a velocidade dos dedos do guitarrista.

De repente, ouço a voz dos Bionics.

Tá, agora eu entendo a bipolaridade da Janine naquela hora. Eles são a melhor banda de todos os tempos. E como é que eu sei? Porque ver esses caras suando não me dá nojo e me deixa ainda mais empolgada. Isso nunca aconteceu comigo. Suor geralmente significa um abraço fedido do Whit depois de uma competição de atletismo.

Tudo é diferente com esses músicos. É como se eles estivessem num plano totalmente diferente. O vocalista-baixista, o guitarrista e o baterista — que achei o mais gatinho de todos (mas até parece que eu diria "não" se qualquer um deles me chamasse para sair) — passam por mim a caminho do palco. Quase consigo sentir suas auras de rock star, eles são magia pura.

Eles pegam os instrumentos enquanto o vocalista bonitão diz um "obrigado" generoso e humilde para a plateia de adoradores, e Janine e eu começamos a gritar. Não foi à toa que os Bionics foram banidos pela N.O.

Hã? Mas o que é isso? Como é que...?

De repente, um pôster enorme do Único Que É O Único começa a se desenrolar atrás da banda.

Eu sei que é só um pôster, mas fico horrorizada ao ver esse cara aparecer no palco desse jeito.

A plateia também fica muda. Apenas uma foto de um monstro terrível é o suficiente para deixar o show em clima de velório.

Só que então, e isso foi demais, a banda toca o primeiro acorde de sua primeira música e o pôster pega fogo no canto esquerdo de baixo. Num minuto, o pôster inteiro desaparece em chamas enquanto toda a caverna explode na maior torcida que já vi.

Não sei como explicar isso. Quer dizer, sei que não consigo fazer o que eles fazem, mas não me sinto intimidada: eu me sinto inspirada.

E isso é uma coisa boa também, porque o show deles — só oito músicas — acaba num piscar de olhos. Depois do intervalo entre as bandas, o cara que anuncia a próxima atração diz:

— E agora, com vocês, um talento ainda pouco conhecido vindo da... loja de departamentos Garfunkel's? Wisteria Rose Allgood! Palmas para ela!

O baterista dos Bionics pisca para mim ao passar por nós. E, pelo menos numa tentativa de evitar que meu rosto exploda de tão vermelho, vou correndo para o palco.

Capítulo 26

Wisty

— É... OI, GENTE! — digo depois de alguns segundos em que fico totalmente paralisada. Mas no que eu fui me meter, hein?

Os holofotes e o olhar fixo de centenas, talvez milhares de pares de olhos... todos olhando para mim... me cegam.

Com certeza é um pouco mais que eu esperava, não estava preparada para isso. Dá um pouco de medo... mas é legal demais. Sinto uma ligação estranha com todas essas pessoas. Estamos juntos nessa, certo? Somos nós contra a N.O. Eles podem ter as armas, mas temos pessoas.

— E esses Bionics, hein? — pergunto com a cara de tacho, mas eles me recompensam com uma festa mesmo assim. Legal. Pelo jeito todo mundo está generoso hoje.

— Então... vou cantar umas músicas. — Tento falar mais devagar e não enrolar a língua, nem gaguejar. — Mas primeiro quero lembrar todos vocês de uma coisa importante. Vocês sabem que perdemos em número de seguidores fora da Terra Livre, né?

Vaia geral.

— E vocês sabem que eles levaram muitos de nós embora. Crianças e até bebês. Eles têm o controle das cidades. Eles têm o país. Eles têm os aviões. Eles têm os tanques.

Bem nessa hora, como se estivesse esperando essa deixa, aquele abismo treme com outra bomba que aterrissa lá em cima.

Mais vaias.

— Mas eles não têm a nossa coragem! Isso... Isso eles não podem tirar de nós!

Muitos aplausos.

— E não só isso. Como uma criança, que conheci numa das prisões terríveis deles, me lembrou, eles têm medo de nós. É por isso que nos caçam. É por isso que fazem essa propaganda enganosa e também fazem planinhos contra nós. É por isso que bombardeiam...

Mais uma bomba de fazer tremer o chão vem com tudo da superfície.

— ... o mundo como se não houvesse amanhã. Para eles, não existe o amanhã. Não existe a próxima geração. Não existe o futuro. E não vamos dar isso para eles também! Nem agora nem nunca!

Dessa vez os aplausos duram mais de um minuto. Talvez seja a melhor coisa que já me aconteceu.

— Só tem mais uma coisa... — Minha voz pode ser ouvida de novo. Então, mostro a baqueta, aquela que minha mãe me deu na noite em que eu e Whit fomos sequestrados. — Eles não têm a nossa... magia!

Dito isso, pego uma guitarra e mais luzes se acendem, revelando que estou em frente a uma pilha de amplificadores que quase chega até o teto. Vou tocar ainda mais alto que os Bionics.

Toco o primeiro acorde da primeira música. Nunca me senti tão bem, tão abençoada, na minha vida inteira.

Pelo menos até Byron pegar um baixo e se juntar a mim no palco.

Capítulo 27

Wisty

Mesmo com o rei dos fuinhas na minha banda, consigo entender totalmente por que as pessoas querem virar deuses do rock. Não tem sensação igual a essa no mundo. A caverna tem uma reverberação natural que parece transformar minha voz num coro de anjos do hard-rock. É como aquelas experiências em que a pessoa sai do próprio corpo.

De repente, percebo que estou tocando a plateia também. Centenas, ou melhor, milhares de pessoas estão dançando ao meu ritmo, à minha melodia, às minhas palavras.

Bem, nem todas essas palavras são "minhas".

Ao terminar a primeira música, parece que meu rosto vai se partir ao meio de tanto sorrir. Então, conto para todo mundo de quem é a letra de minha segunda música.

— Essa é para o meu irmão, Whit, que escreveu esta letra e infelizmente não pôde estar aqui esta noite.

Na verdade, estou até feliz pelo Whit não ter vindo, pois eu teria de lhe explicar que copiei as letras do diário dele enquanto ele dormia. Mas não me arrependo disso, nem por um segundo. Quis transformar aquelas palavras numa música desde que as li pela primeira vez.

— Ela se chama "O Fogo Lá Fora", e é assim... — Começo a tocar uma melodia limpa e simples.

Byron espera mais algumas notas e entra com o baixo. Tenho de admitir que estamos numa sintonia incrível, o que é bem perturbador. Mas só musicalmente, né? Pelo jeito, ele deve ter sido um baixista puxa-saco muito bom na orquestra da nossa escola e está mostrando uma noção de ritmo surpreendente! Com a camisa para fora da calça e o cabelo meio bagunçado, pela primeira vez na vida, ele quase parece fazer parte de uma banda de rock.

O pessoal está segurando isqueiros acesos. Aquela caverna, cheia de gente, está balançando de um lado para o outro ao som de nossa música.

Segundos depois de Byron e eu tocarmos as últimas notas, o próprio poeta de 1,86m aparece na parte de trás do anfiteatro. É ele mesmo! Whit está prestando atenção em alguma coisa, concentrado, como se estivesse tentando encontrar alguém, algo importante.

Ele passa pela multidão e vem em direção ao palco. Lança olhares urgentes para mim, passa o dedo pelo pescoço, um sinal para eu parar de tocar, e aponta para os camarins, que ficam à esquerda.

Tem algo errado, com certeza.

Capítulo 28

Wisty

Mas é difícil resistir ao poder do palco e da multidão. Tenho de terminar a música primeiro. Whit merece ouvir sua música ser tocada para a multidão.

Então, corro para o camarim, esperando que ele me cumprimente ou me estrangule, mas... ele sumiu.

— Você estava fantástica no palco — diz Byron enquanto procuro o Whit. — Se esse lance de magia não der certo, você bem que poderia tentar uma carreira na música, sabe. Quer dizer, depois de você repetir o ano na orquestra no... quando foi mesmo? No quinto ano? Eu achei que você não tivesse conserto.

— Ah! Demorou para você perceber que uma nota perfeita não é a única maneira de avaliar uma pessoa.

— Com certeza, não — diz Byron. Ele se aproxima de mim com uma cara de dó que só me deixa com raiva. — Eu deveria ter levado você a sério bem antes, Wisty. E quero consertar essa situação.

Eca! Será que ele está fazendo mesmo o que acho que está fazendo? Por favor, alguém me diz que Byron-Swain-Dedo-Duro-do-Corredor não está tentando jogar seu charme de fuinha para cima de mim. Não quero magoar o cara, ainda mais esta noite, mas ele não está me dando muita escolha.

— Errei ao subestimar você — ele continua, se aproximando ainda mais, e a essas alturas quase não há espaço entre nós. — Quer dizer, você sempre foi linda, qualquer um podia ver isso, mas acho que nunca levei em consideração... a inteligência por trás do seu... mau comportamento — ele diz "mau comportamento" com um sorriso nojento, como se estivesse pensando num tipo de mau comportamento do qual eu não quero participar, nem sonhando. Que nojo*!*

— Sabe, Byron, talvez é porque estou cansada, por causa do show... mas acabei de vomitar um pouquinho na minha boca. Acho que é melhor você sair de perto.

— Ah, mas deixe eu ajudar você — ele diz e coloca uma de suas patas de furão no meu braço. Em seguida, me leva para um sofá feito de almofadas roubadas da mobília de casas bombardeadas.

Fico tão chocada por Byron-Arrepio-na-Espinha-Swain estar com as mãos sobre mim que não consigo reagir. Eu deveria ter dado um chega para lá nele no palco, quando tive a chance.

— Conheço técnicas de massagem para todos os tipos de exaustão — ele diz quando os Bionics e um grupo de fãs entram com tudo na sala... acompanhados de meu irmão.

Afinal de contas, o universo não me abandonou.

Capítulo 29

Whit

— Mas o que está acontecendo? — Wisty me pergunta enquanto se livra das garras ridículas do Byron. Normalmente, eu estaria prontinho para ensinar os caras a manter suas patas nojentas bem longe de minha irmã, mas agora estou é aliviado ao ver que não é um daqueles roqueiros falsos da Garfunkel's.

Tenho certeza de que eles estão por aqui em algum lugar e que, definitivamente, procuram por minha irmã. Está ficando cada vez mais claro para mim que ela tem algo que eles querem. E estão desesperados para conseguir.

— Espiões da Nova Ordem. E eles estão atrás de você, Wisty. Então, da próxima vez que decidir subir num palco num show cheio de gente, pode me avisar primeiro? Sabe, só para eu dizer para você que é uma ideia idiota.

— Hã? Mas que espiões? — ela pergunta, um pouco perturbada, e lança um olhar para uns caras metidos a rock star que estão quase se afogando num mar de fãs, do outro lado da sala.

— Wisty, me escute. Preste atenção. Apareceram uns caras lá na Garfunkel's perguntando por você e pelo show. Eles estavam vestidos como uma pessoa velha acha que um roqueiro deveria se vestir. Estava na cara que são da Patrulha de Cidadãos da Nova Ordem, ou coisa pior.

A cabeça dela se vira para a legião de fãs de novo. Seguro seu rosto até ela olhar para mim.

— Ah, tá! — Minha irmã pisca várias vezes, finalmente processando o que estou dizendo. — Eles estão aqui? Será que tenho de me preocupar?

— Falei que o show era em outro lugar, mas acho que não consegui enganar os caras. É melhor sairmos daqui. — Pego a mão dela, mas ela me solta.

— Whit, estou bem! Aqui é, provavelmente, o lugar mais seguro da cidade. Estamos cercados por um bilhão de rebeldes da Terra Livre, todos curtindo aquele ódio da Nova Ordem. Isso sem falar que metade deles tem armas e...

— Armas de plástico. — Eu a lembro, fazendo cara feia. — Eles estão usando fantasias, pelo amor de Deus!

Wisty dá de ombros.

— Tá, fantasias, beleza, mas não faz a menor diferença. Somos praticamente indestrutíveis aqui embaixo. Você não sente isso? É a coisa mais incrível do mundo! — Os olhos dela ainda estão vidrados com algum tipo de euforia que eu não entendo. Tenho um flash do futuro: Wisty, estrela do rock, sendo entrevistada 25 anos depois de sua carreira ir por água abaixo. "Colocaram alguma coisa na minha bebida", ela insiste. "Eu não sabia. Mas, depois daquilo, fiquei viciada."

Fico chacoalhando minha irmã e a cabeça dela balança como a de uma boneca.

— Wisty, sai dessa! Eu sei que você não acredita em mim, mas estou com um pressentimento de que algo muito ruim está prestes a acontecer.

— Você quer dizer algo ruim "como um cachorro louco e raivoso, me envenenando"... — Canta Byron, trazendo sua presença indesejável, como sempre. — "...enquanto o fogo dentro de mim incandesce, e o fogo fora de você cresce"?

Droga, mas o que foi que o fuinha acabou de dizer? São as minhas palavras. Do meu diário.

— Mas quem?... — Sinto como se meus olhos fossem saltar da cabeça. — Você leu meu diário, seu idiota?

Não consigo me controlar e pego o cara pelo pescoço. Já estou por aqui com o nosso líder da semana.

Wisty finalmente sai do transe.

— Whit! — Ela tenta fazer eu soltar Byron. É a primeira vez na história que ela defende esse cara! Não falei que o mundo estava virando de cabeça para baixo? — Byron só conhece essas palavras por causa da música que acabei de cantar. Lá no palco.

Hã? Não sei como não ouvi a letra da música quando cheguei. Acho que estava tão concentrado em ver se a Wisty estava a salvo. Espera um minuto...

Wisty leu meu diário? Que droga!

Largo Byron, mas dou um safanão extra nele, só para garantir. Olho para Wisty, meio que esperando não ter ouvido direito o que ela falou.

— Era isso que você estava cantando lá no palco? O poema do meu diário?

— Você nem ouviu? — ela pergunta, e então baixa a voz. — Foi uma homenagem à sua genialidade, Whit. Adorei o que você escreveu.

Wisty estende os braços para mim, mas já estou pisando duro e para fora do camarim.

— Vocês dois se merecem! — grito para ela e para o traidor.

Capítulo 30

Wisty

Estou prestes a seguir Whit quando meu corpo todo fica meio que paralisado por essa voz incrível atrás de mim.

— Então, onde você arranjou essa baqueta? É uma antiguidade, né? Um clássico.

Eu me viro e me pego olhando nos olhos de ninguém menos que o baterista dos Bionics. Ele está falando comigo. O baterista dos Bionics está falando comigo! Estou preocupada com o Whit, claro que estou, mas... ah, ele vai sobreviver, né?

O baterista é ainda mais gatinho de perto que lá no palco, atrás da bateria. Se é que isso é possível. Ele prende o cabelo preto, ondulado e comprido atrás da orelha, mas o cabelo logo cai sobre o rosto dele de novo. Lindo. Vejo os seus lábios carnudos e suculentos se mexerem, e é claro que não tenho a mínima ideia do que ele está dizendo. Nesse exato momento, eu não conseguiria ouvir nem o barulhão de um acidente de carro de tão alto que bate meu coração. Idiota? Claro. Divertido? Com certeza.

— Hum, o quê? — Finalmente consigo formar uma frase. Sou incapaz de olhar nos olhos amendoados dele por muito tempo e, quando dou por mim, estou olhando fixamente para a camiseta preta dele, com os dizeres "Sem Ordem". Eu gosto. Já temos algo em comum.

— Sua baqueta. É meio estranho uma vocalista/guitarrista carregar uma baqueta por aí. — Ele tem um sorriso bonito, também. E não bonito demais, o que é perfeito.

— É, eu sei. — Sorrio de volta. Talvez mostrando mais dentes que o necessário. — Minha mãe me deu. Acho que foi para dar sorte. É tipo um item de colecionador.

— Parece mesmo. Então, sua mãe é baterista?

Não vou acabar com o clima com um "eu acho que minha mãe era uma bruxa e essa é a varinha mágica que ela me deu na noite em que fui sequestrada". Dá para passar sem essa.

— Ela era. — Mamãe não ia gostar nada desse tempo passado. — Quer dizer, é. — Isso faz eu me sentir ainda pior. — Quer dizer, era. — Meu rosto vai do rosa-pálido ao fúcsia em uns três segundos.

Mas o baterista me olha com... compaixão?

— Eu sei, é difícil. — Mas como é que ele entendeu o que eu estava tentando dizer? — Um monte de gente não sabe se os pais "são" ou "eram". — Ele coloca sua mão confortadora sobre o meu braço, e sinto um frio na barriga.

Meu Deus, ele é tão meigo. Ele me entende!

Os olhos dele se voltam para a baqueta.

— Posso ver? Tudo bem se eu pegar a baqueta?

— Hum... claro! — Começo a passar a baqueta para ele, mas assim que ele a toca, dá um pulo para trás, gritando de dor.

— Essa baqueta me queimou! — ele diz, colocando a lateral da mão na boca. — Mas o que é isso?

— Putz! Foi mal! — Olho para a baqueta na minha mão. Não está nem morna, mas ficou vermelha e está brilhando bem na pontinha onde ele a tocou. — Eu não tinha a menor ideia de que isso ia acontecer. De verdade, eu não quis...

— Não se preocupe. — Ele abana a mão e sorri, mesmo com dor. — Não foi nada. Principalmente se compararmos com aquilo que acontece todo dia com as crianças nas "escolas" da Nova Ordem, né?

— Você já viu alguma de perto? — pergunto, um pouco surpresa.

— Ainda não. É meio arriscado para nós. Mas ficamos sabendo pelos fãs sobre o último centro que vocês invadiram.

— Hum... mas o que você ficou sabendo?

— Você, Whit e Byron foram notícia no submundo... — Ele dá de ombros. — Vocês são famosos. Mas nem parece que sabem.

Byron ouve seu nome lá do outro lado da sala, como se tivesse ouvidos supersônicos, e aparece ao meu lado em meio segundo.

— A galera já está escrevendo músicas sobre vocês, Wisty — o baterista continua. — Aquele centro que vocês invadiram faz parte de um sistema de exploração e experimentação. A Nova Ordem chama esses lugares de Complexo de Educação e Repatriação Juvenil. Mas não passa de trabalho infantil barato.

— Mas isso é chocante demais! — diz Byron. Esse cara é como uma gripe forte. Não tem como se livrar dele.

— E não é o pior dessa história — diz o baterista, e então percebo que nem sei o nome dele. — Tem outro lugar, o AMN, Centro Admirável Mundo Novo. Ficamos sabendo que eles estão fazendo experiências com todo mundo que prendem lá. "Jovens especiais" — ele faz as aspas com os dedos no ar —, como você e seu irmão.

Ficamos em silêncio por um momento e, enquanto a gravidade da notícia cai sobre nós, desvio meu olhar do dele.

— É melhor eu ir procurar meu irmão. Ele precisa saber disso.

— Sim — diz Byron-Intrometido-Swain como se fosse meu ajudante, ou pior, meu namorado. — Mantenha-nos informados — ele diz ao baterista, pega minha mão e começa a me puxar em direção à porta.

Como é que eu estou conversando com o cara mais lindo que já vi e, de repente, me vejo de mãos dadas com Byron?

Isso não tem nada a ver com ser "especial"; acho que a palavra é "amaldiçoada".

Capítulo 31

Wisty

AMALDIÇOADA, SIM. Mas não por muito tempo, pelo jeito.

Isso porque Eric — ele finalmente se apresentou — e o restante dos Bionics decidem que querem voltar conosco para a Garfunkel's.

Whit não fica muito animado com a novidade. Tenho a impressão de que ele não confia na banda e, é claro, ainda está bravo comigo por causa do incidente do roubo do diário. Mas com Sasha, Emmet, Janine e eu apoiando a decisão dos Bionics, ele não tem como dizer não.

Um grupinho, incluindo eu, está prestes a improvisar uma versão *a cappella* de "O fogo lá fora" quando, de repente, Whit enfia o pé no acelerador e faz uma curva bem fechada. A mão do Eric, por alguma razão, escorrega do joelho dele e cai sobre a minha mão. E fica lá. E não sinto nenhuma necessidade urgente de tirá-la dali.

— Apertem os cintos, todos! — Whit berra. — A polícia da Nova Ordem está nos seguindo.

— Polícia? — pergunto, sem conseguir acreditar. — Mas o que eles estão fazendo na Terra Livre?

— Pois é! — meu irmão grita de volta. — E como eles conseguiram nos encontrar é outra boa pergunta. Agora, se segurem aí!

Tento olhar pela janela de trás. Três camburões da Nova Ordem estão vindo atrás de nós. Não parece nada bom. Whit faz uma curva fechada à esquerda, que faz todo mundo bater contra a lateral da van.

Minha cabeça bate no peito de Eric. E por falar em aproveitar o melhor de cada situação...

— Me desculpe — falo sem jeito.

— Tudo bem — ele responde.

Então, uma curva fechada à direita faz todo mundo bater com tudo do outro lado da van e fico praticamente em cima de Byron. Eca!

— Eles nos cercaram! Estão vindo de todos os lados! — berra Whit, brecando o carro com tudo. — Vamos ter de correr! Todo mundo sai correndo numa direção diferente! Pelo menos eles não vão conseguir pegar todos nós!

— Não! — eu grito. — Esse não é o melhor plano. Falando sério, vamos ficar na van.

Todo mundo olha para mim como se eu fosse louca, e é bem capaz que eu seja. Vamos descobrir isso logo, logo.

— Vocês conhecem aquela música "Magic Truck", do How? — pergunto.

Eric começa a batucar no chão do carro. O baixista e o guitarrista pegam seus instrumentos. Enquanto isso, as viaturas da polícia vêm por todos os lados e freiam com tudo ao redor da nossa van. Uma voz sai do megafone:

— Saiam do veículo imediatamente e deitem-se no chão.

Dou um sinal para a banda continuar tocando. O vocalista começa a cantar e eu me junto a ele. Dá supercerto, como se tivéssemos ensaiado há meses.

Ouço os policiais batendo nas janelas. Respondemos aumentando o volume.

De repente, não ouvimos mais os policiais. Conseguimos fazer a van levitar a centenas de metros do chão!

É isso mesmo que você leu.

A música foi mágica. Foi a música que fez isso. Ainda estamos flutuando no ar.

Olho lá para baixo e para os carros da polícia, e um dos policiais joga o quepe no chão, de tanta raiva.

— Essa passou perto. Perto demais... — comenta Byron, vendo o copo meio vazio.

— Deu... certo! — eu berro, e então não consigo me controlar: jogo meus braços ao redor de Eric. Meu copo está cheio, bem cheio.

Com certeza essa é a melhor noite da minha vida desde que entrei para a lista dos *Procurados: Mortos ou Vivos.*

Capítulo 32

Wisty

Acho que rolou um beijo. Não tenho certeza, mas acho que sim. Acho que Eric beija bem. Mas não tenho certeza. A noite inteira virou um borrão em minha mente...

Acordo na manhã seguinte dentro da Garfunkel's, com dois pensamentos bem distintos. Primeiro: "Será que sonhei ter caído no sono nos braços do baterista ou isso aconteceu mesmo?". Segundo: "Minha baqueta sumiu!".

É a primeira coisa que eu checo toda manhã. E não está comigo.

Problema. Problemão. Desastre. Aquela baqueta é a minha varinha mágica e é herança de família.

Todo mundo ainda está apagado depois da nossa noite de festa. Começo uma caçada maluca para encontrar a varinha que minha mãe me deu antes de nos separarmos e eu ser levada para a prisão.

Sempre durmo com a baqueta sob meu travesseiro. Ou seja: o que as circunstâncias me forçam a usar como travesseiro. Mas não está lá. E também não está debaixo do colchão. E não está no meu casaco. E não está na minha mochila. Não está em lugar algum.

Tá, não precisa chorar por causa disso. Pense, Wisteria. O que aconteceu de diferente na noite passada em comparação a todas as noites em que você dormiu na Garfunkel's?

Bom, os Bionics estavam aqui...

Tem que ser isso, o baterista! Será que Whit tinha razão sobre eles?

Vou na ponta dos pés até Byron, que está roncando como um boi, pego o smartphone dele sem que ele perceba e mando uma mensagem de texto para o número de telefone que Eric me passou ontem.

kd VC?

Ele responde a mensagem na hora:

ensaio. nao quis t acordar
pegou as baqtas?

sim

a minha tb?

usei com luva... para não queimar

sem graça

foi mal

vc tá com ela? devolve!

blz

vc a ROUBOU!

peguei emprestado

quero a baqta AGORA

foi mal. vem me ver

o q? vc traz aqui.

sem drama. foi mal. te vejo na lanchonete cidade do progresso — 11 h

tá

vc é tão legal

falow.

Meu coração está aos pulos e ainda bem que telefones celulares não transmitem vergonha. Eu sou legal? Desde quando?

Quer dizer, não foi nada legal o Eric pegar minha baqueta. Mas ele é baterista de uma banda de rock e gostou dela. Quase consigo ouvir a voz da minha mãe dizendo que ele pegou a baqueta para chamar a minha atenção. Do mesmo jeito que ela disse quando tentou me explicar por que aquele nerd do Ben Campbell puxava meu cabelo no primeiro ano.

Mas agora começo *a chorar* mesmo. Tenho tanta saudade da minha mãe. Ela era a minha melhor amiga. Ela é a minha melhor amiga.

Capítulo 33

Wisty

DECIDO NÃO PROCURAR O Whit nem dizer para ele aonde estou indo, apesar de estar na cara que ele vai me matar quando eu voltar. Mas não tenho muita escolha, por que adivinha o que meu irmão diria?

a) Bom almoço. Ah, dá para trazer uma batatinha para mim?
b) Está a maior ventania lá fora. Não se esqueça de fechar seu casaco.
c) Beleza, mas vou com você. E sem conversa, ô esquentadinha!

Pois é. Se você escolheu a) ou b), vou sugerir, com a maior educação, que você volte algumas páginas e leia tudo de novo.

Preciso ter esse momento a sós com Eric. Então, saio de fininho, me preparando para me infiltrar na Cidade do Progresso, a cidade-modelo demente da Nova Ordem, o padrão que eles querem aplicar ao restante da Terra Livre depois de acabar com todo mundo que resiste às suas ideias nojentas.

Preciso me disfarçar um pouco para passar despercebida (ou seja: saia e suéter para as meninas, nada de batom preto, nem piercings visíveis; paletó com gravata para os meninos e cabelo ao estilo Byron), o que não é impossível e é necessário.

Como meu cabelo ainda não cresceu, é uma ótima desculpa para experimentar um estilo novo: um corte chanel e castanho, bem bonitinho, do balcão de perucas da Garfunkel's.

Saio na ponta dos pés pela porta da frente da loja e, de repente, sinto uma vibração debaixo do braço. Mais precisamente, está vindo da bolsinha branca que não tem nada a ver comigo e que estou carregando ali.

Mais uma mensagem de texto. Ligo o celular.

Uma mensagem de texto *na letra de mão da minha mãe*. Como assim?

TUDO BEM, WISTY. ELA É UMA ALIADA. VÁ COM ELA.

Com quem? De repente, não me sinto nada sozinha. Ouço a voz de alguém.

— Até que enfim nos encontramos de novo, minha querida!

Viro a cabeça com tudo para a direita e, ali, encostada no capô de um carro antigo, com as pernas cruzadas, está a velhinha ninja. Aquela que nos deu o mapa que salvou a nossa vida. E, agora que tenho a oportunidade de examiná-la mais de perto, percebo que ela também é a mulher que quase me fez ir presa numa lanchonete em minha primeira viagem à Cidade do Progresso. *A sra. Highsmith!*

— Tudo bem — a mulherzinha esquisita diz com a voz bem anasalada. — Pode mandar um SMS ou seja o que for que vocês fazem com as suas maquininhas. Sua mãe não está muito perto, mas pelo menos você pode ver que ela está a salvo.

Digito o mais rápido que posso.

Se ela eh uma aliada, então pq quase fomos presos por causa dela?

A letra de mão da minha mãe responde:

ELA ENTROU EM PÂNICO. PENSOU QUE VOCÊ FOSSE UMA ESPIÃ DA NOVA ORDEM. VOCÊ VIU QUANDO ELES TENTARAM PRENDÊ--LA. POR QUE ELA IRIA AJUDAR A NOVA ORDEM?

Tá, mas como sei q eh vc?

COMO OUTRA PESSOA SABERIA QUE BEN CAMPBELL PUXAVA SEU RABINHO DE CAVALO?

MEU DEUS, Mãe!

Digito enquanto meus olhos ficam rasos de lágrimas.

VÁ COM ELA RAPIDINHO, QUERIDA. DÊ UM BEIJO NO WHIT POR NÓS. SEU PAI E EU ESTAMOS SEMPRE PENSANDO EM VOCÊS. O

TEMPO TODO. AMAMOS TANTO VOCÊS DOIS!

A sra. Highsmith se aproxima com um lencinho à mão, bem à moda antiga, e eu o aceito, ainda anestesiada. Tem cheiro de talco.

— Viu só? Sua mãe está bem — diz a sra. Highsmith. — Agora, vamos para o meu apartamento, por favor; não vamos dar para a Nova Ordem o gostinho de capturar duas bruxas no mesmo dia.

Capítulo 34

Wisty

ENTÃO, COMO É QUE VOCÊ ACHA que chegamos à Cidade do Progresso em dez minutos? Vassoura? Portal? Tenho certeza de que você não vai acreditar, mesmo sabendo que nossa vida é maluca.

Vamos dizer que a sra. H. tem alguns poderes, que, talvez, quem sabe, podem rivalizar com os poderes do Único. Se minha "mãe" não tivesse me falado que ela estava do meu lado... eu teria de pensar muito sobre o assunto.

Tá, olha só: o apartamento da sra. H. é um ninho de rato entupido de coisas e mal iluminado, pois as cortinas ficam permanentemente fechadas. Não há uma prateleira, mesa ou cadeira vazias. Até o tampo do piano está coberto de livros em brochura, livros em capa dura, romances, cadernos, catataus bem antigos. Obviamente, todos banidos. As paredes estão lotadas de pinturas, algumas emolduradas; tem até um cavalete com a pintura de um dragão ainda a ser terminada, no qual quase tropeço. Há pouco espaço livre para eu seguir a mulher até a cozinha, que cheira a atum cozido com um monte de temperos. Deve estar fazendo uns 40 graus aqui dentro.

— Só preciso terminar este cozido — ela diz, abrindo a tampa de um caldeirão preto gigante sobre umas bocas do fogão, que está no meio do piso da cozinha. É enorme e parece um contêiner de petróleo. Dava para esconder um pônei dentro daquele troço. E provavelmente tinha um escondido lá.

A sra. H. enfia uma concha na sopa para experimentar. Ela me oferece um pouco, mas faço não com a cabeça bem rápido.

— Hum, precisa de mais casca de salgueiro e raiz de sassafrás mesmo — ela diz. — Não esperava que esse caldo fosse absorver tanta coisa.

Será que você pode me ajudar a lembrar uma coisa: como é que eu vim parar aqui, com essa bruxa velha, que fica mexendo poções num apartamento abafado, em vez de encontrar o baterista para conversar e comer um hambúrguer com ele numa lanchonete bem legal?

— Não pense que eu não sei no que você está pensando — ela diz com um olhar de poucos amigos. — Vou direito ao ponto. Olha aqui: como você já deve ter descoberto, O Único Que É O Único é um yenta total.

Olho para ela com cara de dúvida. Yenta? Isso é bom, ruim ou mais ou menos?

— Yenta é uma pessoa que quer se meter na vida de todos. E, o que é pior, ele quer colocar um fim na vida de todos, e fazer todos seguirem a vida dele. Tudo e todos. — Ela faz uma pausa para tomar outro golinho da sopa e, depois, faz uma careta. — Ele é basicamente um canal para o pior tipo de mal. Estou falando de coisas que fazem uma pessoa querer arrancar os olhos e orelhas em vez de ver ou escutar o que é obrigada — ela continua, tremendo um pouco e tampando o caldeirão. — E, infelizmente, ele descobriu uma maneira de se tornar ainda mais poderoso que qualquer outro indivíduo da história, ou da pré-história, ou do mundo desde que ele existe.

— Então, você está aqui para me dizer que não podemos impedir esse cara? — pergunto. — Coisa típica de adulto? Deixe para lá? Caia na real? Pare de lutar por nada?

Ela dá uma risadinha.

— Vou deixar essa passar, pois está na cara que você não me conhece. Ainda. Agora, está pronta para tomar notas?

Ela pega a concha e a chacoalha pela ponta em direção a um lado da cozinha, e depois ao outro, e depois na minha direção, me molhando com pedacinhos daquela sopa nojenta. Num piscar de olhos, um lápis e uma folha de papel aparecem nas minhas mãos.

— Não sabia que tinha voltado para a escola, mas... beleza! — Limpo do rosto as gotas daquela meleca de dar ânsia.

— Há dois fatores X nessa situação que podem nos dar uma vantagem. Quer tentar adivinhar quais são?

— Tempo e sorte?

— Energia positiva e energia negativa. Precisamos guardar uma boa quantidade do primeiro tipo. E mandar para aquele idiota doente da cabeça uma boa dose do segundo. *Capiche?*

Faço que sim com a cabeça. *Capiche?*

— Não sou grande fã do Festival Musical de Stockwood; corpos jovens suados demais e muita dancinha sem sentido para o meu gosto, mas fiquei sabendo lá pelo submundo que você tem um grande talento para a música. — Faço que sim com a cabeça de novo. — Música, minha querida, é uma força mais potente do que você imagina.

— Olha, sem querer ofender, sra. H., mas a senhora não tem ideia do quanto essa força é poderosa a não ser que tenha tocado num palco em frente a milhares de pessoas. Ligada no amplificador. — Fico arrepiada só de pensar. Mal posso esperar para pegar aquela guitarra de novo.

— E como você sabe que nunca fiz isso? — Ela dá uma risadinha e percebo que tem um passado interessante e que ainda tenho muito o que descobrir. — Estou falando de um tipo diferente de poder, Wisty. É por isso que a música foi banida pela N.O. Você nunca pensou por que eles a proibiram?

— Eu sei o porquê. Porque é divertido e a N.O. é contra a diversão.

A sra. H. me lança um olhar que faz eu me lembrar da minha mãe, o olhar "Wisty, pare de brincar quando você sabe que a coisa é séria".

— Se tem uma coisa que preciso lhe ensinar, é nunca subestimar o poder do que você ou outras pessoas criam. Música, arte, filmes, escrita, tudo isso — ela aponta para o apartamento entupido de coisas — tem uma energia tremenda. Isso é a força da vida. Muito importante.

— Então, é melhor escondermos tudo isso deles — digo para ela. — Você é louca de deixar tudo isso aqui na Cidade do Progresso? Talvez possamos levar para a Garfunkel's.

— Não. Eu preciso dessas coisas. Não posso me desfazer delas. Eles vão ter de me pegar primeiro para levar minhas coisas embora.

Estou chocada. Morrer pelas crianças, tá, eu entendo, mas morrer pela... arte? Nessa eu vou ter de pensar.

Ela me passa um quadrado dobrado de papel.

— Aprenda isto aqui. Memorize. Use-a para ajudar os outros. Passe adiante e assim por diante.

Abro o papel e vejo uma partitura mal desenhada, cheia de notas musicais. Parece uma melodia bem simples.

— Mas o que isto faz?

Ela aponta para um violão meio acabado, perdido e abandonado num canto da despensa. Eu nem o tinha visto no meio daquela bagunça.

— Isso você vai ter de descobrir. Então... descubra!

Quando dou por mim, estou tocando o violão e aprendendo a fazer a "batida do blues", como a sra. H. diz. E, na verdade, é... incrível.

Agora eu só preciso descobrir como acabar com a Nova Ordem, pegar um mandado de restrição contra o Byron e acalmar o Whit. E então o mundo vai voltar à sua órbita normal de novo.

Ou quase.

— É isso mesmo, queridinha! Agora, experimente! — diz a velhinha, enfiando a concha na minha boca.

Capítulo 35

Wisty

ME DESCULPEM AÍ, estou limpando a baba do queixo...

Normalmente, estaria falando de como acabei de pedir um *cheeseburger* com picles, batatinhas bem crocantes e um *milk-shake*. Mas hoje babo em dobro porque estou sentada com Eric, o baterista dos Bionics. Como é que a barba por fazer e aquelas olheiras conseguem deixar esse cara ainda mais maravilhoso? E conseguem! Ele simplesmente desafia todas as leis da natureza.

Fazemos nossos pedidos para uma garçonete ridiculamente eficiente, típica dos restaurantes da N.O.

— Pena ela não ser tão rápida quanto você. — Eric tira um barato com a minha cara. — Onde você estava? Tomei, tipo, uns cinco cafés!

— Estava com saudade de mim? — Prefiro dizer a falar "Me desculpe, mas eu estava ocupada tocando violão na cozinha de uma bruxa velha".

— Na verdade, estava sim — ele diz e me olha nos olhos. Percebo um brilho de vulnerabilidade em seu olhar. — Como é que você consegue ficar tão linda depois de ontem à noite, sua doida? Não é possível que você tenha dormido mais que eu.

Tão linda? Wisteria Allgood jamais havia sido descrita dessa maneira. Doida, sim. Mas linda...?

Isso é tão legal. Não estou acostumada a essa atenção toda.

— Deve ser por causa da peruca — resmungo e olho para baixo. Ele ainda está olhando para mim. Consigo sentir. Ele está estendendo a mão até o outro lado da mesa... em direção à minha mão...

— Olha, Wisty — ele diz e entrelaça os dedos dele com os meus. O metal gelado do anel de insígnia dele contra a minha pele me deixa maluca. Sinto como se minha coluna tivesse sido substituída por um macarrão que cozinhou demais.

— Sinto *muito*, de verdade — ele diz. Olho para ele e só vejo dor em seus olhos. Tadinho, levou esse incidente da baqueta tão a sério!

— Por causa da baqueta? Mas não foi nada e...

Sou interrompida por uma agitação à porta e nós dois nos viramos para ver o que é. Ai, alguém me mata agora? É meu irmão mais velho e seu complexo de herói...

— Wisty, é uma armadilha! Saia daí! Agora! — Whit berra enquanto uma porção de caras roqueiros aparece do nada e pressiona meu irmão contra a parede.

Tento ficar de pé, mas Eric me pega pelo pulso com força.

— Eu sinto tanto, Wisty. Não tive escolha.

— O quê? Mas o que significa isso? — Exijo saber.

O vocalista e o guitarrista dos Bionics bloqueiam a saída de nossa mesa. Os dois estão com cigarros apagados na boca.

Não pode ser. Mas, pelo jeito, é.

— Eric? — pergunto, e lágrimas começam a escorrer de meus olhos. O baterista simplesmente dá de ombros e olha em outra direção. Será que ele está fazendo o que acho que ele está fazendo? Como pode ser tão maravilhoso num minuto e, logo em seguida, me entrega para a Nova Ordem?

Nem sempre tenho razão sobre o caráter das pessoas, mas nunca estive tão errada. Tento passar por cima da mesa, me sentindo apunhalada no peito.

Como é que fui cair nessa armadilha?

Olho para o rosto do meu namorado em potencial de cinco minutos atrás. Estou procurando algum sinal ou um dos muitos que não percebi.

Porém, só vejo o rosto perfeito dele e um arrependimento que me parece verdadeiro.

— Precisei fazer isso, Wisty. Você ainda não percebeu? Você é A Única Que Tem o Dom.

Capítulo 36

Whit

ANTES DE CONSEGUIR chegar até Wisty para ajudá-la a fugir, alguém bate em mim com força. Quase fico sem ar e meus joelhos ficam moles. Eu provavelmente cairia de cara no chão se aqueles três não estivessem tão ocupados tentando me prender à parede. Eles parecem novinhos, mas são fortes e lutam como adultos. Adultos e profissionais, talvez até soldados da Nova Ordem.

Espero ter avisado Wisty a tempo de ajudá-la a sair dali. Espero que tenha conseguido atrapalhar a armadilha deles. Espero...

HUMMMPF!

Mais um golpe furioso, dessa vez na lateral do rosto. Vejo estrelas e cores brilhantes por toda a parte. Aquilo não poderia ter sido um punho. Foi forte demais.

Estou começando a afundar no chão. Um desses caras nojentos está me segurando e o outro está virando minha cabeça para me fazer olhar para alguma coisa.

— Viu só, irmãozão? — A voz lateja nos meus ouvidos. — Você não apenas falhou ao tentar salvar sua irmã caçula, como vamos obrigá-lo a assistir ao que o Conselho dos Únicos vai fazer com ela.

Meus olhos se lançam para o outro lado da lanchonete, onde Wisty está sendo arrancada da mesa pelos Bionics e um dos soldados.

De repente, os Bionics começam, e não sei como descrever isso, a metamorfosear, eu acho. Eles ficam maiores e mais velhos, como se tivessem ido dos 17 aos 35 anos em questão de segundos. É assustador e tão nojento que não consigo nem descrever!

Transformaram-se, do nada, em soldados corpulentos e que adoram charuto. Todos eles exceto um Bionic — o baterista, acho —, que ainda está sentado à mesa, com cara de quem acabou de atropelar um filhote de cachorro.

— Vão logo, seus idiotas! — grita um dos brutamontes que está me segurando.

Vejo que tem mais três soldados de uniforme contra bombardeio, cada um deles apontando um rifle com cano grosso para minha irmã.

— Não! — eu grito. — Deixem minha irmã em paz! Não atirem nela!

Eles se apoiam sobre um dos joelhos e apertam o gatilho quase no mesmo segundo.

— Wisty!

É como se o tempo desacelerasse completamente. Fico só olhando: a boca dos rifles cospe explosões de gás comprimido, cada uma delas soltando um dardo, que, pelo jeito, deve ser bem mortal, em direção à minha irmã, que está sendo tratada do jeito mais desumano possível por aquele bando de leões de chácara...

Wisty lança um último olhar para mim e eu o agarro e o guardo para sempre. Mais que tudo, não quero que ela morra com um olhar desesperado de vergonha no rosto.

Aliás, eu não quero que ela morra. Ponto final.

E então minha mente alcança os projéteis que cruzam o ar com violência. Não são balas nem dardos. Vejo as agulhas ocas e traiçoeiras à frente de cada seringa com cauda de pluma enquanto elas vão com tudo em direção ao corpo de minha irmã.

Essas injeções parecem grandes o bastante para derrubar um rinoceronte e não para sedar uma adolescente de uns 45 quilos.

Se eu conseguir empurrar o primeiro dardo um pouco para o lado de lá... e esse dardo um pouco para cá... e esse outro desse jeito...

Tuc!

Tuc!

E *tuc!*

Os ex-Bionics e o soldado que segura minha irmã ficam de olhos arregalados enquanto os dardos atingem os novos alvos bem no meio do pescoço deles.

Eles caem no chão.

Tum.

Tum.

E *TUM.*

— Hum... — Minha irmã tenta dizer alguma coisa.

— O que foi, Wisty? — grito para ela. — O que aconteceu?

Olho fixamente nos olhos dela, que agora estão arregalados, mas também um pouco distantes. Suas pálpebras estão querendo fechar... e ela cai de cara no chão sobre os soldados inconscientes.

Tem uma seringa espetada nas costas dela, com o êmbolo empurrado até o fim.

O baterista!

Ele está de pé atrás dela. E com a maior cara de culpado.

— É isso aí, cara! — grita o soldado que está me segurando. — Agora vamos levar estes dois inúteis para o furgão e receber nossa recompensa.

Capítulo 37

Whit

ESSES IMBECIS ESTÃO acendendo charutos da vitória. Será que, para eles, nos mandar para a morte é o equivalente a terminar o jantar para comer a sobremesa? Ou ganhar algum campeonato esportivo? Pelo jeito, sim.

Eles estão me segurando no chão. Tento recuperar o fôlego quando um pensamento de desespero invade minha mente. Sem contar os três caras inconscientes no chão, com dardos espetados no pescoço, tem sete soldados fumadores de charuto aqui. O baterista ainda está por perto, mas acho que ele é só um cara normal. Um traidor à Jonathan Altão, sim, mas... só um cara.

Olho para cada charuto aceso e consigo ver o tabaco enrolado lá dentro. Que coisa mais nojenta! Odeio esse veneno de nicotina.

Imagino sete cápsulas cheias de um composto tóxico que um professor nos explicou uma vez na aula de química. O nome desse negócio é trinitrotolueno, mas você já deve ter ouvido falar dele por seu nome mais comum, TNT.

Na minha mente, coloco uma cápsula dentro de cada charuto, com todo o cuidado, a um centímetro mais ou menos da ponta acesa. Espero; conto os segundos; espero mais um pouco.

E então, com precisão quase perfeita....

Bum! Bum! Bum! Bum! Bum! Bum! Bum!

Como se fosse mágica, não há mais um coturno pisando no meu pescoço. Eu me levanto e vou cambaleando entre a fumaça até chegar à minha irmã. Arranco a seringa das costas dela e a coloco sobre meu ombro.

— Está orgulhoso do que fez? — pergunto para o baterista.

Ele me dá um olhar tipo "não tô nem aí". Quero, mais que tudo, dar um soco na cara dele. Mas mato a vontade arrancando a baqueta da Wisty de sua mão.

— Eles vão me matar... — ele sussurra.

Fico parado. Não quero que esse cara morra, de verdade. Mas, se tenho de escolher entre minha irmã e essa marionete da N.O., nem preciso pensar.

— Fale isso para alguém que se importe — respondo e saio correndo da lanchonete.

Mas eu me importo, sim. Às vezes, é um porre ter de mostrar essa coragem inabalável.

Capítulo 38

Whit

Não há nada como correr uns cinco quilômetros com sua irmã caçula sobre o ombro para arejar a cabeça. Nunca mais vou chamar Wisty de "Mosquinha". Ela está crescendo rápido. Minhas costas, meus pulmões, minhas pernas... tudo dói tanto que quero parar e vomitar.

Ouço um barulho distante de caminhões e os berros dos alto-falantes da N.O. Logo, o som de um helicóptero se junta a essa mistura, está vindo bem rápido em nossa direção.

Saio da rua e entro no meio do mato, rezando para as árvores me darem pelo menos um pouco de cobertura.

Encontro uma trilha em meio aos arbustos, mas ela se divide em duas depois de uns cem metros. A trilha mais aberta vai em direção a uma vala, e a mais estreita segue ao lado de um morro.

— Para cima ou para baixo, Wisty? — pergunto, mas não esperava que ela me respondesse. Encosto minha irmã numa árvore. Preciso tirá-la das costas por um minuto ou vou morrer de cansaço.

— Tem um monte de formiga nessa árvore — ela sussurra.

— Você está acordada! — Por essa eu não esperava!

Wisty está se esforçando para tirar os insetos do braço.

— Aham. E posso até responder à sua pergunta.

— Você sabe por qual estrada devemos seguir?

Sem perder o fôlego, ela começa a sussurrar um poema.

Duas estradas divergiam num bosque em setembro.
Lamentando não poder seguir em ambas as vias,
E sendo o único viajante, durante muito tempo, me lembro
De que olhei para uma delas, tão longe quanto conseguia,
Até onde ela dobrava na descida e sumia...

Devo estar contando isso com a alma cortada
Em algum lugar; há uma distância de tempo imensa:
Divergiam num bosque duas estradas e eu —
Eu escolhi a menos viajada.

E esta escolha fez toda a diferença.

— Você escreveu isso? — pergunto, de queixo caído.

— Bertrand Snow, na verdade... — Wisty admite.

— Bom, você deve estar vencendo sua batalha contra as drogas para se lembrar de alguma coisa da aula de literatura.

Eu a jogo sobre meu ombro dolorido mais uma vez e ouvimos um carro freando com tudo na estrada. O mato à nossa volta começa a ficar cheio de sons de passos de botas pesadas, homens gritando... e cachorros latindo cheios de raiva.

— Vai que eles escolhem o caminho errado? — digo quase sem fôlego e fico pensando que talvez devêssemos ter escolhido o que levava lá para baixo. Até agora, essa trilha foi só *subida*.

— Hum, não acho que eles vão escolher o outro caminho, Whit.

— Por que não?

Ela está esticando o pescoço atrás de mim.

— Hum, porque estou vendo os caras... e eles estão nos vendo!

Capítulo 39

Whit

Xingo baixinho e me viro para olhar. É isto mesmo: dois soldados e três pastores-alemães bem grandes apontam na curva do morro e estão vindo atrás de nós.

Mas espere aí: eu falei dois soldados e três pastores-alemães? Porque, na verdade, é um soldado e quatro pastores-alemães. Não, são todos pastores-alemães...

— Você viu aquilo? — Wisty pergunta. — Eles estão se transformando em cachorros! E em cachorros bem rápidos!

— Maravilha — falo e paro de correr.

— Por que você parou?! — Wisty berra.

— Correr para quê? Não vou conseguir correr mais rápido que um bando de cachorros mágicos com você nas minhas costas. É pura Física. Eu teria de ser um cavalo.

— Bom, me transformei num rato antes. Talvez você consiga se transformar em cavalo. Pense grande, irmão. Não temos muita escolha agora.

— Mas não sei nenhum feitiço de cavalo...

— Olha no seu diário e reza para o sinal ser bom daqui de cima!

Folheio as páginas com pressa, mas não vejo nada sobre cavalo. Pela primeira vez na vida quis ter um índice.

Claro que não tem índice coisa nenhuma, mas acabo achando um negócio ainda melhor:

Tigre! Tigre! Fogo fatal
Que as florestas da noite alumia
Qual mera mão ou olho imortal:
Poderia captar tão terrível simetria?

Em que profundeza ou céu distante
Queima o fogo do seu olho cintilante?
De quem são as asas, que trouxeram esse jogo, e
De quem é a mão que ousa brincar com fogo?

Logo que acabo de recitar esse poema estranho, me vejo com as mãos e os pés no chão, e coberto de pelos brancos, pretos e laranja; minhas roupas se rasgaram em farrapos. Então, eu me viro para fazer uma pergunta óbvia para Wisty:

— *Roooarrrrrr?*

— Você está perguntando se um tigre é capaz de enfrentar um monte de cachorros, certo? — Wisty pergunta. — Acho que sim. Mas não vamos testar se não precisarmos, ainda mais comigo aqui nas suas costas, tá? Aê, tigrão, acabe com eles!

E então ela enfia as canelas nas minhas costas. Solto um ganido e começo a correr morro acima, como um tigre. Magia é animal, né?

Os cachorros uivam de raiva atrás de nós e ouvimos outro barulho. Será que é alguém rugindo também? Olho por cima do meu ombro listrado e vejo que agora os cachorros estão se transformando em ursos, ursos-pardos, na verdade, e continuam atrás de nós.

Mas quem são esses caras? E onde é que eles arrumaram essa magia?

Infelizmente, a resposta se revela rápido demais.

Chegamos à clareira no topo do morro e somos recebidos por um homem alto e careca num terno azul-escuro impecável. Ele está ali como se estivesse esperando a vida inteira por nós.

Capítulo 40

Whit

Dou meia-volta. Prefiro encarar um bando de ursos malucos do que O Único Que É O Único. Putz, encaro até um lago cheio de piranhas, um estouro de boiada de tiranossauros, uma infantaria inteira... olha que posso pensar em vários outros exemplos!

Mas, enquanto damos meia-volta, as árvores da floresta entrelaçam seus galhos com folhas amareladas aos seus troncos e fecham a trilha como se aquele caminho nunca tivesse existido. Não temos nem como entrar nem como sair.

O chão dá um pinote e nos joga pelo ar até aterrissarmos no meio da clareira. Wisty sai voando das minhas costas e cai no chão com um gemido de dor.

Ela ainda está grogue demais para conseguir ficar de pé, mas O Único não está nem aí. Três raízes saem do chão e a envolvem rapidamente num tipo de cesto do mal.

— Whit! — ela grita. — Estou presa! Não consigo me mexer!

Não tem nada pior que ouvir alguém que você ama gritar seu nome em desespero. A raiva ferve dentro de mim. Eu me viro e parto para o ataque. Duzentos quilos de tigre siberiano furioso prontos para quebrar o pescoço daquele careca palito de dentes, pronto para enfiar meus dentes afiados na primeira parte dele que eu conseguisse alcançar.

Infelizmente, O Único Que É O Único tem cartas na manga. De repente, o vento sopra com tanta força que tenho de fechar os olhos. É como se eu fosse um tigre de pelúcia, leve como esses bichinhos que ganhamos nos parques de diversão, e alguém tenha ligado um ventilador gigante embaixo de mim. Fico flutuando no ar, não sei onde fica o chão. As folhas e a terra batem com tudo em meu corpo, me alfinetando, cortando através de meu pelo denso e então... espere aí! O vento parou.

Por uma fração de segundo, consigo ver o céu.

Ah, não... e também vejo a terra! Vejo Wisty lá embaixo, longe, tão longe, presa no topo daquele morro como um sacrifício humano. Devo estar a uns 300 metros de altura.

Ouço uma risada. A risada dele, ecoando como se a floresta inteira estivesse tirando uma com a nossa cara.

E, de repente, não sou mais um tigre.

Sou só eu mesmo, nas minhas roupas rasgadas.

Caindo.

Desamparado.

Ele arrancou minha vontade, minha magia e, provavelmente, minha vida.

LIVRO DOIS

NO TEMPLO DAS TENTAÇÕES

Capítulo 41

— SENTE-SE — DIZ O homem solene e de lábios finos atrás da mesa de metal pesado.

Byron Swain faz que sim com a cabeça, nervoso, e se senta no sofá gasto enquanto o homem termina de ver uma papelada.

— Você demorou para vir — diz o adulto, sério, colocando o lápis com a ponta mastigada sobre a mesa.

— Tive de observar os protocolos...

— Sem desculpas! — O homem berra e espalha cuspe sobre a mesa de metal e em Byron. — Os filhos dos Únicos não apelam para desculpas!

Ele pega o lápis de novo, como se fosse quebrá-lo ou atirá-lo no rosto de Byron. Este se encolhe humildemente no sofá, sonhando em escorregar por entre as almofadas como uma moeda que cai do bolso.

— E, você, fique de pé na minha presença! Quem você pensa que é, Byron?

— Desculpe, pai.

— E pare de me chamar disso! Eu sou O Único Que Calcula a Receita Interna.

— Sim, senhor; sinto muito, senhor — responde Byron, se lembrando de como os habitantes da Terra Livre chamam seu pai de "O Único Que Conta as Moedinhas" e fez uma anotação mental para não mencionar isso. — É que eu...

— Desculpas! — ele berra. — Por ordem da Nova Ordem, e por uma solicitação específica do Único, me dê um relatório completo!

Byron sente uma dorzinha crescendo no peito. Ele não está feliz por espionar os habitantes da Terra Livre, mas que escolha tem? Wisty continua a rejeitá-lo. Ele não é nada para ela. Nem para nenhum deles, na verdade. E está sob ordens diretas do pai.

Byron fica de pé e, tremendo um pouco, começa a contar tudo para ele.

Capítulo 42

Wisty

PODE ACREDITAR EM mim, você não sabe o que é dor até acordar depois de ter sido atingida por um dardo tranquilizante da Nova Ordem. Ou três. Ou doze.

Meus olhos doem como se estivessem cheios de molas enferrujadas. Minhas têmporas latejam como se alguém tivesse pregado uma ferradura pelando de quente nelas. A parte de trás de minha cabeça pulsa como se alguém estivesse tentando inflá-la com uma bomba de encher pneu de bicicleta.

E minha boca? Minha língua parece uma lesma que se arrastou até a metade de um deserto equatorial e morreu, e minha garganta parece uma rota de destino de um bando de caranguejos-ermitões.

Meu estômago... revira como se eu estivesse num carro sem amortecedor, dirigido por um bêbado que decidiu tomar um atalho numa estrada esburacada. "Enjoo" é fichinha.

— Ei, Wisty, tudo bem? — Whit pergunta.

Estremeço e resmungo de volta:

— O que é todo esse barulho e saculejo? — Ainda não consigo abrir os olhos para ver onde estou.

— Estamos dando mais uma voltinha de van da Nova Ordem — ele diz e me ajuda a me sentar.

— Água?

Whit faz que não com a cabeça.

— Estranho, né? Eles não nos deram a van com minibar. Amigo, pode encostar à direita, isso, aí está bom — Whit berra pela grade, como se estivéssemos pegando o táxi depois de uma matinê de domingo. Acho que ele está tentando me animar.

O animal armado, e é claro que ele tem um rifle, bate com tudo na divisória de vidro blindado.

— Cara legal — diz Whit. — Talvez intenso demais.

Sinto-me tomada pelo pânico. Não sei se consigo aguentar ir presa de novo: a fome sem fim, a sede de deixar qualquer um maluco, a falta de esperança que acaba com a alma...

Whit percebe que estou quase tendo um treco.

— Vamos ficar bem. Não estaríamos aqui hoje se não soubéssemos sobreviver ou se não fôssemos especialistas em fugir de prisões, né?

Sei que ele está tentando ser legal, mas que coisa mais idiota para se dizer! Daria um grito se minha cabeça não estivesse doendo tanto.

— Não estaríamos aqui hoje se eu não tivesse ficado caidinha pelo...

Eric. Não consigo nem dizer o nome dele. Só de pensar naquela traição tão triste, lamentável e horrenda, sinto uma faca em meu estômago.

— Olha — Whit diz, apontando para a janela de trás da van. — Pelo menos dessa vez temos uma vista. Quer dar uma olhada na paisagem da Superfície?

Dou de ombros, sem vontade. Ainda consigo ver Eric na minha mente. Só quero ficar encolhida e, simplesmente, desistir.

Então, a sra. Highsmith aparece na minha cabeça. E me lembro da música. *Energia positiva*... a batida do blues. Deixo que Whit me ajude a me levantar.

Consigo ver o que está rolando.

Estamos percorrendo a toda velocidade uma rodovia de seis faixas com telões dos dois lados da estrada, passando imagens da Nova Ordem. São uns telões gigantes, colocados a cada quilômetro, mais ou menos. É meio difícil manter a energia positiva vendo toda essa porcaria no caminho. Sua Carequidade Resplandecente se divertindo com burocratas do alto escalão, mostrando placas para cidades da Terra Livre reinauguradas com outros nomes, como ÚNICA CIDADE, ACRES DA NOVA ORDEM, VITORIALÂNDIA, ADMIRÁVEL NOVA PARADA. Não é à toa que esses barnabés têm o olhar tão vidrado e sem noção.

Estou pronta para me estatelar no chão de novo quando a monotonia é interrompida por uma mensagem gigante da Nova Ordem em letras em vermelho brilhante e de dar medo.

INTERROMPEMOS ESTE PROGRAMA PARA UM AVISO IMPORTANTE.

OS CRIMINOSOS DE PRIMEIRA CLASSE ELIZA E BENJAMIN ALLGOOD ESTÃO SOB CUSTÓDIA.

FIQUEM LIGADOS NOS DETALHES DA PRÓXIMA EXECUÇÃO.

SERÁ OUTRO DIA HISTÓRICO.

E ali, no meio dos telões, estão meus pais em macacões cor de laranja de prisão, amordaçados e algemados.

Meus joelhos não resistem e me estatelo de novo no chão.

Capítulo 43

Whit

Quando Wisty cai no chão de novo, chorando, e se apoia em minha perna, continuo com o rosto grudado na janela, esperando saber de detalhes da execução. Na verdade, não quero saber, mas tenho de saber. Quanto tempo temos? Para encontrar nossos pais, para planejar a nossa fuga?

Mas agora estamos entre os telões, e o trânsito está mais lento. Bato na porta dos fundos da van, frustrado. Estou prestes a me aninhar no chão ao lado da Wisty, mas fico alerta de novo ao sentir...

Célia.

É o perfume dela, sem dúvida. O perfume que ela estava usando no dia em que desapareceu pela primeira vez. É como se ela estivesse aqui comigo, como se nunca tivesse ido embora.

Não tinha ouvido falar de um portal num veículo da Nova Ordem em movimento. Será possível? Começo a bater no chão, nas paredes, nas portas do fundo da van e grito o nome dela.

— Whit, pare com isso! — Wisty olha para mim com os olhos vermelhos e cansados. — Célia morreu. Você está louco. Nossos pais vão ser executados! Por que você...

Bato na janela de novo. Vejo o cabelo de Célia voando com o vento e brincando com seu rosto no próximo telão a algumas centenas de metros de distância.

— Whit — Célia diz. A voz dela soa abafada, como se viesse de um alto-falante lá fora. — Você está bem. Você está fazendo a coisa certa. Não desista.

Eu me jogo contra a porta.

— Nos tire daqui, Célia! — Eu sei, pelo menos eu sei, que é loucura. Como é que ela pode ser uma projeção no telão? Mas é tão real! Sinto seu perfume...

— Você está me escutando, Whitford Allgood? Eu disse que você está fazendo a coisa certa.

Parece que está irritada, mas não estou nem aí. Adoro isso. Eu me lembro das vezes em que ela começava a me contar algo sobre a prova de química no corredor da escola e eu dava um beijo nela bem no meio de uma frase. “Você está me escutando, Whitford Allgood?”, ela dizia e eu sentia uma onda de calor pelo corpo.

Se estou escutando o que ela está dizendo agora? Sim, estou. O som da voz dela é como uma droga, nunca a ouço o bastante.

A van está se aproximando do telão. Pressiono o rosto com toda a força contra a janela, o corpo com toda a força contra a porta. Estamos passando pela imagem dela e eu sinto o calor de sua respiração contra minha bochecha.

— Você precisa se entregar — ela continua. — E você está a caminho do Único neste momento. É o único jeito. Se um dia você quiser que fiquemos juntos de novo, este é o único jeito.

— Juntos de novo? — pergunto.

— Juntos de novo — ela responde enquanto nos afastamos.

E desaparece. Ainda estou tonto com sua imagem quando a van faz uma curva e entra por um portão com uma placa que diz: Edifício dos Edifícios.

Capítulo 44

Wisty

TUDO BEM QUE eu e o Whit estamos cheios de eletrodos nos braços, mas pelo menos estamos de cabeça para cima e sentados em cadeiras de couro com o encosto alto, tão confortáveis que parece que estou afundando num monte de manteiga. Temos, também, um copo de água cada um. O tratamento é cinco estrelas aqui no Edifício dos Edifícios, que é basicamente o cafofo e um tipo de batcaverna do Único, para onde aqueles caras mal-humorados da van nos trouxeram.

E não é que eu poderia me acostumar com esse vidão?

Whit e eu estávamos encolhidos em posição fetal na van quando fomos arrancados de lá e escoltados para o E. dos E. Assim começou um de nossos desfiles públicos mais idiotas.

Consegui olhar nos olhos de alguns cidadãos enquanto éramos arrastados pela recepção luxuosa de mármore. Talvez eu esteja contaminada por um complexo de heroína (haja ego!), mas tive a impressão de ter visto uma pontinha de... respeito, talvez até de admiração, ou pelo menos algo vagamente parecido com esperança enterrado lá no fundo dos olhos vidrados daqueles barnabés. De qualquer forma, isso me animou um pouco.

Quanto mais eu encaro o cara que está nos interrogando, mais fico pensando se vejo uma pontinha de esperança nele também. Respeito misturado com inveja? Por outro lado, ele está escondendo isso muito bem. É educado, sem dúvida, mas tão seco e sem graça que chega a dar medo.

As perguntas até aqui também foram bem chatas, tipo nome, endereço e número de identidade da N.O. Como se tivéssemos endereço ou carregássemos RG da N.O.!

De repente, ele joga essa bomba no nosso colo.

— Vocês tiveram filhos nos últimos meses? — pergunta sem alterar sua expressão. Nós dois olhamos para ele, chocados. — Agora que temos vocês e seus pais no corredor da morte, precisamos garantir que não há outros membros sobreviventes do clã Allgood. Por favor, respondam para que o polígrafo possa registrar um resultado.

— Não — respondemos juntos.

— Excelente — ele diz, esperando a leitura do detector de mentiras.

— Ganho um A+ por não ser mãe solteira adolescente? — pergunto. — Uau! Talvez eu até fique gostando da Nova Ordem.

Ele me ignora completamente.

— Agora vamos abordar questões muito importantes. Numa escala de um a cinco, sendo cinco a classificação máxima, como vocês caracterizariam a eficácia das instruções de seus pais em relação ao controle de suas... habilidades?

— Do que você está falando? — Exijo saber. — Como você disse, vamos abordar questões muito importantes. Quero saber quando nossos pais vão ser executados! Eles estão presos aqui?

— Srta. Allgood — ele diz. Srta. Allgood? Essa é a primeira vez que... — Sinto informá-la que sou o único autorizado a fazer perguntas aqui.

— Ah! Vou dar uma notícia importante para o senhor: não sou muito boa em seguir regras!

Whit me dá um cutucão como quem diz "sossega". E desde quando ele é o "Menino de Ouro" de novo? Somos líderes da Resistência, pô!

O interrogador pigarreia.

— Sabemos que seus pais treinaram vocês. E sabemos que comunicaram a vocês, hã, informações e/ou equipamentos altamente confidenciais relacionados às forças cientificamente comprovadas que ambos possuem por conta de sua constituição genética.

— Você está falando de magia? — pergunto. Whit faz cara feia. Garoto de Ouro e mudo.

O sr. Interrogador parece extremamente alarmado.

— Shhh! Acredite em mim e não use essa palavra neste edifício ou em qualquer outro lugar! Você está vivendo perigosamente.

Ah, mas é o convite perfeito, vou aproveitar! A essa altura, estou praticamente cantando:

— Magia, magia, magia, magia, ma...

O Único Que É Reprimido finalmente explode. Ele fica de pé e nos agarra pela gola, minha camiseta numa mão e a do meu irmão, o Garoto Mudo de Ouro, na outra.

— Você me deixa enojado! — Ele praticamente cospe as palavras e olha para Whit. — Você, com todo esse potencial e olha só o que faz! Nada! Sentado aí como um manequim de loja! E sua irmã incompetente, aqui, ela tem um poder tão incrível, tão devastador, tão...

Ouvimos um barulhinho agudo quando a porta automática se abre.

— Ah — diz nosso interrogador, de repente mais branco que uma parede —, será que falei demais? — Oh! — Ele consegue guinchar enquanto alguém entra de mansinho na sala atrás de nós e a temperatura cai, sei lá, uns cinquenta graus.

Num piscar de olhos, o interrogador se transforma numa seringueira de tamanho médio num vaso grande de barro. Alguém acabou de fazer dele uma típica planta de sala de espera.

Acho que tenho ideia de quem foi.

Capítulo 45

Wisty

De repente, é como se alguém tivesse multiplicado por quatro a força da gravidade nesse lugar, e a energia estivesse escorrendo de mim. Mal consigo me sentar ereta. Ele tem esses olhos terríveis Tecnicolor, certeza de que você nunca viu nada igual. Eles seriam lindos, tipo, de modelo, se ele não fosse tão malvado. Mas como pertencem à cabeça dele, esses olhos me dão vontade de vomitar. Estou tonta. Whit ainda está preso num tipo de viagem bem calminha.

O Único Que É O Único anda ao redor da mesa, empurrando o vaso de nosso ex-interrogador para o canto da sala com um só pé.

— Vai precisar ser regado todos os dias — ele diz para ninguém em particular e, em seguida, sorri cheio de confiança. — Ou não.

O Único acena para o outro lado da sala e transforma o que antes era uma parede branca e pelada em janelas que vão do chão até o teto. Ele consegue transformar um homem numa planta. Ele consegue voar. Ele consegue transformar crianças em pó. Acho que transformar uma parede num monte de janelas com uma vista panorâmica do 50º andar deve ser como tirar doce de criança.

— Agora — ele diz com os olhos piscando em vermelho por um segundo, e depois se transformando num azul carismático, um tom que você só vê numa propaganda photoshopada de revista (isto é, se ele estrelasse propagandas em revistas para o Mal Puro).

— Venham! — Ele nos convida como se fôssemos velhos amigos e aponta para as janelas. — Venham ver!

— Hum — diz Whit —, é que estamos meio presos...

Mas todos os fios do polígrafo desapareceram, como se não tivessem passado de coisa da nossa imaginação.

O Único acena cheio de gentileza.

— Acho que vocês vão gostar disso — ele diz. Começo a tremer. O Único não parece "gostar" de mais nada além de tortura e morte. O que ele tem na manga? E o que está rolando com meu irmão?

Whit levanta-se da cadeira e segue andando até O Único como uma criança obediente.

— Tudo bem, Wisty, vem.

Será que ele sabe de alguma coisa que eu não sei?

Na última vez que o ouvi falar pouco, ele estava quicando nas paredes da van de tanta raiva.

Mas não quero ficar sentada sozinha.

— Por falta de algo melhor para fazer — respondo, com má vontade —, beleza. Vamos dar uma olhada.

— Por que tanta imprudência? — pergunta O Único. — Vocês sabem que *não* pretendo matá-los. — Ele coloca seus braços compridos e assustadores ao redor de nossos ombros e nos leva até as janelas. O estranho é que o toque dele é morno e um pouco encorajador.

— Vejam só — ele diz, quase com melancolia. — Vocês veem como o céu e as montanhas ali parecem ter se juntado? Como parecem ser um?

Olhamos para a cidade, as ruas enevoadas e as luzes dos prédios brilhando em meio àquela escuridão triste. As nuvens no horizonte são de um roxo sinistro, que meio que se mistura às montanhas sem neve além do vale.

— Vocês têm ideia de como deu trabalho criar esta noite perfeita?

Meu tremor se intensifica. É como se ele fosse um gato brincando com ratinhos. Ele acabou de dizer que não vai nos matar, mas vai nos matar? É isso mesmo? Seja de que maneira for, vamos sofrer bastante.

— Aposto que estão pensando no que eu quis dizer com isso — ele continua. — Uma zona formidável de alta pressão vinha com toda a força pelas planícies ao norte e traria chuvas torrenciais esta noite. Possivelmente até tempestades com granizo.

Olhamos para ele sem reação.

— E eu fiz a corrente parar.

Agora estou entendendo! O que ele fez é incrível mesmo...

Ele ergue os braços para apontar para uma nuvem no horizonte e, com o mais casual dos gestos, leva a nuvem para cima da cidade. Depois, ele gira a outra mão e a nuvem gira também. Em seguida, ele guia outra nuvem enorme, e outra, e outra... Logo, um turbilhão enorme de nuvens, cheias de relâmpagos, está fazendo um redemoinho sobre a cidade.

Enquanto essa espiral gigante se agita e se intensifica, o vento começa a chacoalhar as janelas. Meus ouvidos desentopem à medida que a pressão escoa da sala. Será que ele planejou tudo para que sejamos sugados para o meio desse turbilhão? Será que é esse o plano para esta noite? A chuva está batendo contra as cortinas cor de ferro. O edifício reclama em seus alicerces. Será que ele vai fazer a cidade inteira desaparecer no olho daquele furacão?

Então, ele simplesmente estala os dedos e a tempestade dá marcha a ré. O redemoinho retrocede e vai ficando cada vez menos intenso, e as nuvens voltam aos seus lugares originais no céu.

— Agora é a sua vez, Wisteria — ele diz.

Capítulo 46

Wisty

— O QUÊ? — ELE ME pega desprevenida e fico totalmente pasmada. Tudo fica ainda mais estranho. De repente, é como se eu estivesse em minhas aulas de piano e ele é o sr. John Masterson, meu professor bonzinho, me encorajando a acreditar em mim. Mas como é que é?

— Você tem poder mais que suficiente para fazer isso. É apenas uma questão de dizer à energia o que deve fazer e soltar. Você viu o que eu fiz. Dê a mesma imagem ao seu poder e vá em frente. Acredito muito em você e no seu Dom maravilhoso.

Ele ficou doido de vez. Transformar gente em bichos, eu admito, é bem legal, mas é bem, sei lá, limitado. Palpável. Mas não posso me imaginar mandando no céu, no vento, nas nuvens, furacões... isso já é demais!

— Não consigo fazer isso — digo baixinho.

— Agora, Wisteria — ele diz, com um tom de ameaça na voz até então calma.

Fecho os olhos e tento me lembrar exatamente de como as nuvens foram correndo para cima da cidade, como se juntaram e começaram a girar como se tivesse acionado a descarga numa privada cheia de nanquim de cabeça para baixo, as luzes da cidade brilhando lá embaixo e quase desaparecendo quando a chuva cai com tudo. Deixo a música da sra. Highsmith rolar como trilha sonora enquanto imagino tudo isso acontecendo ao meu redor... Será que consigo mesmo fazer isso? Mas o mais importante é: será que quero fazer isso? Como é que posso viver, e ser a mesma pessoa, com tanto poder?

Sinto meu coração dar um pulo. Meu "eu" inteiro dá um pulo.

— Idiota! — ele grita.

Abro os olhos. As nuvens estão exatamente no mesmo lugar. A única coisa que mudou é que a cidade ficou completamente escura; até as luzes da sala se apagaram. Estamos imersos na sombra da noite.

— Você apagou as luzes, Wisty. Todas as luzes — Whit sussurra.

Capítulo 47

Wisty

O ÚNICO JÁ desistiu dos sussurros bem educados.

— Você desligou a eletricidade da cidade toda! — ele berra. — Faça a luz voltar imediatamente!

Eu bem que tento, mas nem sei como apaguei tudo para começo de conversa. Sei ainda menos como desfazer esse negócio. Hum, e se eu cantar a música da sra. Highsmith de trás para frente? Não consigo. Entro em pânico.

— Sua criança caótica! — ele diz. — Você não tem mesmo um pingo de controle, né? Agora O Único Que Gerencia a Rede de Eletricidade e seus servos vão ter de gastar horas tentando consertar o que você aprontou com tanta alegria!

Estou ficando louca tentando pensar num poema sobre a luz surgindo no horizonte. Deve existir um! Por que minha mente vira mingau quando estou perto do Único?

Ele faz uma pausa, como se um pensamento desagradável tomasse conta de sua mente.

— Tem ideia de quanto poder é necessário para fazer isso que você acabou de fazer? Ou das aplicações para que essa habilidade possa ser usada? Tem?

Ele pega minha cabeça com as mãos, sinto aqueles dedos compridos nojentos. O toque deixou de ser morno. A pele dele é tão gelada que me queima. Nossa, ele está me machucando. E muito.

— Hora de prova surpresa, minha querida Wisty! — ele diz de um jeito ameaçador. — Você se lembra de alguma coisa, de qualquer coisa, da sua aula de biologia? E da aula de física? E da de química? — Ele aperta minhas têmporas com mais força.

— Eu... devo ter... perdido... essas aulas... — Solto com muito esforço por entre os dentes cerrados. É uma dor que nunca senti antes.

— Ah... Era mesmo de se esperar de quem sempre mata aula. É uma pena você saber tão pouco sobre seus Dons — ele fala cuspindo. — E sobre o funcionamento da mente humana, que é controlada por impulsos elétricos. Ou seja, eletricidade.

A frieza do Único se expande para seus tentáculos invisíveis e entra em mim. Minha coluna está congelando.

— E eu... deveria me importar... por que mesmo?

— Sua. Criança. Tola! — Ele berra, chacoalha minha cabeça e praticamente amassa meu crânio. — Você não tem respeito algum pelo dom que recebeu!

Tento me incendiar, mas não consigo. Ele está drenando a magia de dentro de mim. O calor está deixando meu corpo. É como se eu estivesse morrendo. Na verdade, ele está me matando, não está?

Minhas pernas ficam moles. Solto um gemido. Whit sai do transe e vem correndo, assustado, tentar me ajudar, mas O Único me deixa cair e dá uma cotovelada nele. O simples toque do Único manda Whit direto para o chão e ele bate contra a parede lá no fundo, como se fosse uma boneca de pano.

— Todo esse poder dentro de você para controlar a mente. A mente de todos. O mundo todo ao alcance de suas mãos — O Único Que É O Único diz, seus olhos brilhando de puro mal de novo.

De repente, o frio para e ele se afasta com um sorriso meio magoado.

— Francamente, não sei se devo ficar impressionado ou deprimido.

Capítulo 48

Whit

JÁ TOMEI BASTANTE porrada em alguns ataques da N.O., mas nessa última do Único parece que fui arrastado por um caminhão descontrolado. Wisty está no chão, com cara de acabada, mas depois consegue se levantar. Ela está bem, graças a Deus, ainda um pouco confusa com a reação absurda do Único.

É a minha chance. Minha única chance de descobrir do que Célia estava falando. Eu só queria ter tempo para saber como trazer o assunto à tona com Sua Unicidade.

— Hum, com licença? — Eu me apoio contra a parede para conseguir me desgrudar do chão e me levantar. — Tenho uma pergunta. Com licença?

Wisty e O Único me encaram como se eu tivesse acabado de sair da cova.

— Preciso fazer uma pergunta a você sobre Célia Millet. — Ouvir o nome dela em voz alta, aqui, no Edifício dos Edifícios, parece tão... de outro espaço e tempo. Tão fora de alcance, apesar de parecer ter acontecido horas atrás.

— Célia Millet? — Ele ergue as sobrancelhas. Claro que sabe o nome dela, mas finge que não. — Como é que eu poderia me lembrar de todas as crianças perniciosas que tivemos de processar em nossos sistemas de reciclagem? Sinto muito, mas não posso ajudá-lo. Ela era uma amiga *especial*? — Ele dá um sorriso condescendente.

— Você sabe muito bem quem ela é. Ela me disse para virmos aqui. Para nos entregarmos pelo bem de nossos pais. — Provavelmente não vai dar em nada e é loucura, eu sei, mas respiro fundo e digo assim mesmo: — Precisamos fazer um acordo.

— Whit? — Wisty está de queixo caído, surpresa, atônita, todas as palavras que você pode pensar para "incredulidade total". — Você está drogado?

O Único simplesmente ri. E ri mais, e gargalha.

— Bom — ele diz, se controlando para parar de rir—, parece que esse menino está sofrendo de transtorno de estresse pós-traumático e essa menina tem... — ele dá uma risadinha de novo — ... deficiência de desenvolvimento ou algo do tipo. Graças aos céus resgatamos vocês antes que suas doenças piorassem. Pelo jeito vocês precisam de uma... reciclagem total. E educação.

Não consigo ouvir o que ele diz. Faço que não com a cabeça.

— Preciso falar com você sobre a Cé...

Ele me interrompe.

— Acontece que tenho um novo centro criado exatamente com esse objetivo. Acho que vocês vão achar o lugar muito mais adequado que suas últimas acomodações conosco. Vamos chamá-lo de "spa". Tenho certeza de que pelo menos sua irmã irá gostar. — Ele lança um olhar malicioso para Wisty. — Talvez possamos até ajudá-la com a situação infeliz... de seu cabelo, Wisteria. — Outra risadinha malvada. Wisty rosna como se estivesse tentando se transformar num lobisomem (ou lobismulher). Seja o que for, não funciona.

— Escute aqui! — Eu finalmente encontro energia para dar um passo largo em direção a ele. — Vou para essa porcaria de escola, ou seja lá o que for, mas só se fizermos um acordo.

— Ah, mas você vai de qualquer jeito, Whitford! No entanto, primeiramente, vou ter de pedir a vocês que entreguem qualquer pertence pessoal; como esse diário que você guarda sob a camisa.

Ele ergue os dedos, que mais parecem serpentes, na minha direção, e o diário sai voando de debaixo de meu cinto. E, enquanto o livro flutua até a mão do Único, me vejo voando para trás e batendo com tudo contra a parede de novo. E mais uma vez. E dói bastante.

— Não há mais poder na caneta e na página em branco, meu amigo. Lembre-se disso. Há poder apenas na energia. Agora, vamos ver o que você tem aqui — ele diz, lambendo o dedo dramaticamente e folheando as páginas. — Po-e-mas? — Ele cai na gargalhada. — Ah, meu amigo, mas esses poemas são muito *ruins*! Ouça só este aqui!

E se apagam as luzes! Violenta,
a cortina, funérea mortalha,
sobre os trêmulos corpos se espalha
ao tombar com rugir de tormenta.
Mas os anjos, que espantos consomem,
já sem véus, a chorar, vêm depor
que esse drama, tão tétrico, é "O Homem"
e o herói da tragédia de horror
é o Verme Vencedor.

Ele ri e segura a barriga como se ela fosse arrebentar. Lágrimas brilhantes, nada comuns, escorrem pelas bochechas dele.

— Isso... — ele diz, se esforçando para formar as palavras em meio ao ataque de riso — ... isso é a coisa mais patética e juvenil que já li na vida!

Wisty me lança um olhar. Ela sabe que é um poema de um dos poetas mais famosos da história, o sombrio Edmund Talon Coe.

— Bem, ficou claro para mim que você não conseguiria escrever nada melhor que isso; então, pode ficar com seu livreco, seu poetinha patético.

Ele joga o diário de volta para mim. Eu o pego de primeira, apesar de ainda estar recuperando o fôlego.

— E você me passe a baqueta, minha menina. Gostaria de terminar o que seu querido amigo Eric, que ele descanse em paz, começou.

Wisty fica pálida quando ele menciona o nome do baterista e mais pálida ainda ao tentar processar a frase do Único. Ela está segurando a baqueta no bolso de trás da calça, mas seus dedos se abrem de supetão e a baqueta vai voando para as mãos dele. Ele a examina por um momento e finge que está tocando com uma mão só.

— Pelo jeito você tem um talento natural — ela diz e seu rosto fica tomado pela raiva. — Qual é o seu nome artístico mesmo? O Único Que Não Consegue Assinar Contrato Com Uma Gravadora?

— Você! — ele berra. — Não... é... engraçada! — Ele pega a baqueta e a parte em duas, jogando os restos aos pés dela.

— Isso é bullying! — ela grita e cai de joelhos.

— Ó, que coisa feia que eu fiz — ele diz com sarcasmo. — Garanto a você que constatações como essa jamais irão me ferir, Wisteria. Agora, quero que alguém deixe estes dois prontos para o ônibus da escola! — ele diz, tirando a baqueta quebrada das mãos dela antes de se virar para ir embora.

Capítulo 49

Wisty

Beleza, vou admitir. Um pedacinho de mim — a menina que sonha alto e que se apega a qualquer migalha de esperança, mesmo depois de ser esmagada pelas peças que a vida nos prega tantas vezes — esperava, de verdade, que fôssemos mandados para um spa.

Quer dizer, eu não estava esperando uma sessão de manicure e pedicure enquanto me serviam água aromatizada com hortelã, manjericão e gotas de mel. Imaginei algo mais simples, tipo uma paciente de tuberculose em quarentena num hospital para convalescentes, que é levada até a varanda, enrolada num cobertor, para apreciar a vista de um campo de flores.

Mas isso só poderia acontecer nos dias de antigamente, bem antigamente. O mundo de hoje é muito, muito novo. Percebi isso só de ouvir o nome desse centro para o qual fomos levados.

— Sejam bem-vindos ao Centro Admirável Mundo Novo. — Entoa uma voz de mulher assim que pisamos na recepção iluminada e limpa de nosso novo lar. Armas paralisantes estão plantadas na região lombar de nossas costas.

— Por favor, preparem-se para assistir ao Vídeo de Iniciação do Centro Admirável Mundo Novo — a voz continua. Parece uma voz sintetizada de computador, tem modulação perfeita demais. Se tivermos sorte, talvez ela cale a boca e comecemos a assistir a vídeos calminhos de cachoeiras e florestas tropicais, ou talvez passe uma série de exercícios para relaxarmos o corpo e a mente.

Na real, esse lugar mais parece um sanatório que um hospital: piso branco e brilhante, parede branca e brilhante, teto branco e brilhante.

— O que está rolando? — pergunto ao Whit. — Pensei que a lei da Nova Ordem fosse jogar a galera nuns buracos bem sujos.

— Pelo jeito esse buraco aqui é um brinco — diz Whit.

— Quem é que poderia imaginar? Hum, quero um roupão felpudo e pantufas de pelinhos!

— Cale a boca! — grita um dos guardas atrás de nós.

As luzes se apagam enquanto uma música meio orquestral enche a sala e a parede à nossa frente se ilumina com imagens. A voz da mulher volta.

— Parabéns pelo ingresso no Centro Admirável Mundo Novo. Como centro mais avançado de sua categoria e de toda a Superfície, é dedicado à reabilitação de jovens dinacompetentes. Construído no ano 0001 d.O., o Centro AMN oferece as tecnologias mais modernas e emprega o melhor programa pedagógico já criado para acessar potenciais cinéticos escaláveis e direcioná-los para uma vida de produtividade totalmente complacente.

Estou quase fechando os olhos, de tanto sono. Talvez ela esteja nos hipnotizando... O vídeo faz um tour pelos corredores, salas de aula, salões, cantinas e dormitórios, todos impecáveis e que, presumivelmente, nos aguardam além da recepção. Tudo cheira a esterilidade. A voz continua:

— O currículo oferece aulas de áudio e vídeo 24 horas. — A tela mostra imagens de centenas de monitores e alto-falantes espalhados pelos cantos do teto, nas paredes, em carteiras, em cabeceiras de cama. — Dessa maneira, as aulas continuarão ininterruptamente, mesmo durante o sono. Dos alunos, 99,3% dizem ser capazes de absorver informação e treinamento comportamental suficientes para evoluírem para o segundo nível em menos de duas semanas.

— Bela porcaria! — Ouço Whit resmungar. — Tem cachorro adestrado que aprende mais rápido que isso.

Fico com vontade de rir, mas ele grita de repente um "Ai!" e levanta a mão. Do nada, uma coisa robótica pequenininha vem correndo e bate com tudo nos dedos de meu irmão com uma barra amarela e comprida, que parece uma régua. Talvez seja uma arma paralisante.

— E para garantir que o Centro AMN permaneça um ambiente cem por centro otimizado de aprendizado — a mulher continua —, vocês encontrarão um sistema para corrigir estímulos de reações negativas para quaisquer comportamentos perturbadores ou imorais. Nenhum aluno foi liberado do Centro sem dominar totalmente o currículo básico!

— Ainda estou esperando meu tratamento de aromaterapia — sussurro para Whit.

— Terapia o quê?

Paf! Paf! O robozinho está de volta com sua barra. Agora eu e Whit estamos beijando a parte de trás da mão. Pelo jeito, o spa não vai rolar mesmo.

— E assim concluímos o Vídeo de Iniciação. Mais uma vez, sejam bem-vindos e parabéns pelo ingresso no Centro Admirável Mundo Novo. Por favor, peguem um bombom.

O robozinho à nossa frente soltou a régua e está segurando uma bandeja com dois chocolates.

Opa! Então meu sonho do spa pode estar de volta!

Se eles quisessem nos envenenar, já teriam feito isso. Para ser bem sincera, a essa altura nem sei se me importo tanto assim em morrer.

Pego um chocolate e — caraca! — é a coisa mais gostosa que já coloquei na boca. Estou prestes a ter um troço depois de lamber os beiços e falar "hum" trocentas vezes, quando a porta à nossa frente faz um clique e, então, entra na sala... Byron Swain.

Capítulo 50

Wisty

— Oi, Pessoal — diz Byron, vindo com aquele jeito de fuinha até nós e com um ar de... não sei... tem algo estranho nele. Um toque de tristeza, talvez? — Eles me disseram para vir... receber vocês.

— Como é que você veio parar aqui? — pergunto num tom que fica entre o desgosto e a surpresa.

— E isso importa? — Whit pergunta, encarando Byron e me dando um cutucão. — Agora estamos todos aqui.

E acho que sei por quê: para acabar com a Nova Ordem de dentro para fora.

Noto que Byron está praticamente nadando em seu macacão branco, como se fosse uma roupa de segunda mão que alguém pegou ao acaso de uma pilha.

De repente, me dou conta de que Byron pode estar numa missão para nos libertar. É melhor ser legal com o cara.

— Roupinha legal, B. — comento, mas não sei mentir: — Você está ridículo.

— É o uniforme da escola. Vocês também vão receber os seus assim que forem descontaminados.

— Descontaminados?

— A limpeza é o fundamento da Unicidade — diz Byron. Esse cara não tem noção de sarcasmo. Não dá para entender o Byron.

— Então, a lavagem cerebral está lhe caindo bem, hein? — pergunto.

— Não é tão ruim assim — Byron responde, apático. — Aqui tem chocolate, sabe.

— Chamar aquilo de chocolate — replico, já babando de novo —, é como chamar caviar de "ovas de peixe".

— E quando você comeu caviar? — Whit pergunta.

— Tem um monte de coisas sobre mim que você nem imagina, irmão.

— Sei que às vezes você finge que já fez coisas que só leu nos livros.

— Mas não é um fingimento *total*. Quando você lê um livro bom, meio que acaba fazendo as coisas sobre as quais leu.

— Não falem sobre livros — Byron avisa. — Vocês nem querem saber o que fazem aqui com as pessoas por causa disso. Se a MALA ouvir vocês...

— Quem é essa?

— É a Mediadora para Ações Levianas e Antiprodutivas. A entidade que administra, ou melhor, que é este lugar. É aquela voz que vocês ouviram no intercomunicador. E ninguém a viu pessoalmente, então tem gente que pensa que ela é apenas um computador. Um computador extremamente poderoso.

— Eu sabia que O Único curtia tecnologia, mas ter um computador para mandar nesta escola é um nível mais elevado de loucura.

Olho de relance para Whit, que está encarando um pontinho na parede. Há um deles a cada dois metros, mais ou menos, e estão espalhados pelo teto também. Cada um está coberto por um vidro.

— Lentes de câmera ou os olhos da MALA, se preferirem — diz Byron. — Vocês vão se acostumar. Mas um conselho: é melhor não se esquecerem de que estão sendo vigiados. Quase sempre.

— Quase?

Byron me lança um olhar.

— Na verdade, sempre; sempre. Eu é que não iria gostar de encarar a ira da MALA.

Caio na risada.

— Ah, mas é o meu maior pesadelo: um computador furioso! Mal posso esperar para a sra. MALA dar uma chicotada em minha bunda quando eu mandá-la ir se reiniciar para variar um pouco! — Tenho um ataque de riso com minha própria piada imbecil.

— Não ria. Você vai se surpreender com o que ela é capaz de fazer. Tipo, ela consegue alterar a composição química do ar nesta sala, se você não for complacente, e até tornar o ar tóxico. E ela não está nem aí para quem estiver na sala com você.

— Sério, Wisty — Whit diz, me fazendo ficar quieta. — Fica de boa. Temos de ficar pianinho se quisermos descobrir o que rola neste lugar.

— Hum, Whit, isto aqui não é uma missão. Somos prisioneiros.

— Beleza. Então, continue desse jeitinho para ver que tipo de castigo especial você vai ganhar. Enquanto isso, vou ficar de cabeça baixa e olhos bem abertos.

— Que demais! — Minha língua encontra um restinho de chocolate alojado entre os meus molares. — E eu vou ficar de olhos bem abertos para ver se arranjo mais um chocolate.

Talvez este seja o momento de eu virar a página. Talvez não seja tão difícil ficar de boca fechada e ganhar uns pontinhos por ser puxa-saco. Pensando bem, não estou nem aí se começar a agir como se meu sobrenome fosse Swain... se eu ganhar mais um chocolatinho...

Viro a cabeça ao ouvir a parede atrás de nós se abrir, revelando duas setas: uma apontando para a esquerda e marcada com um ♀; outra apontando para a direita e marcada com um ♂.

A voz da MALA enche o ar.

— Informante Swain, volte ao seu alojamento. Whitford e Wisteria Allgood, agora vocês devem se encaminhar até os chuveiros de descontaminação apropriados para o seu sexo.

Informante?

Informante?

Meu corpo começa a borbulhar vingança, minhas unhas quebradas querem se transformar em garras e entrar nos olhos daquele traidor como se não houvesse amanhã.

Mas ele se foi.

Ah, eu mato aquele garoto!

Capítulo 51

Wisty

AGORA É CERTO, estamos mesmo do lado de dentro. Talvez Whit tenha razão e esta seja a única maneira de derrotar O Único. Talvez estejamos chegando a um ponto importante. Mas, enquanto não chegamos lá, estamos parecendo lagostas que acabaram de sair da panela.

— Ai, ai, ai, ai, ai! — Pulo de alegria. Finalmente, reencontro Whit numa sala toda branca (mas que novidade!). Temos de aguardar as próximas instruções.

— Arde, né? — Whit diz. — Você estava mesmo precisando de um banho. Já estava com um leve aroma de gambá.

Dou um soco no braço dele. Pelo jeito, mesmo experiências de quase-morte não tiraram essa mania que meu irmão tem de me encher o saco.

— Tá bom, olha quem fala! Mas, de boa, eles não precisavam ter descascado as duas primeiras camadas da minha pele para resolver o problema.

Byron, por outro lado... eu me lembro de um jogo de tabuleiro, que jogávamos quando éramos crianças, em que tínhamos de descobrir quem era o assassino. Imaginei, agora, uma resolução do mistério especialmente feita para o fuinha: "Foi Wisteria Allgood, no banheiro, com uma ducha escocesa".

Minha imaginação é interrompida por uma sequência de notas musicais, que lembra uma marcha militar e sinaliza o final da aula, e o som de um bando de crianças vindo pelo corredor. Várias delas entram nessa sala e se sentam em frente a uma TV.

— Oi, gente — diz o menino que se senta ao nosso lado. — Meu nome é Crossley. — Ele é baixinho e fortinho, com um jeito sério e rosto bonito.

— Eu sou Whit e o nome dela é Wisty — diz meu irmão, meio na defensiva.

— Pois é, todo mundo aqui sabe quem vocês são. Principalmente a Wisty. — Ele se inclina em minha direção. — Eu vi você dando o maior show na rede.

Whit e eu ficamos chocados.

— Hã? — diz Whit. — Mas como vocês...?

Os olhos de Crossley se viram para um dos olhos da MALA.

— Ah, eles nos deram chocolate quando anunciaram que vocês estavam vindo.

— Eles sempre dão chocolate? — Deixo escapar.

— De vez em quando, a MALA dá chocolate para a escola inteira, mas geralmente só rola quando você ganha uma viagem para A Sala Onde Você Come o Chocolate.

— E como você ganha esse direito?

— Sendo um bom aluno, geralmente.

— Tipo, resolvendo problemas de trigonometria?

— Tipo isso — Crossley diz. — Vocês vão ver. O chocolate é demais. O problema é que alguns de nós não estão tão preparados para essa... maravilha toda. — Ele se vira para a TV e coloca um sorriso no rosto como um bebê que acabou de ser alimentado, fez cocô e teve sua fralda trocada.

De repente, vejo que não tenho a menor ideia se essa galera já sofreu a lavagem cerebral da Nova Ordem — mini-Únicos em treinamento — ou se são crianças inocentes presas numa gaiola branca da N.O., fazendo o que podem para sobreviver.

Enquanto Crossley comemora com o grupo ao assistir a mais uma cerimônia de inauguração no Único Canal, noto que ele está segurando discretamente um pedaço de papel e cobrindo-o com a palma da mão para que as câmeras não captem nada.

SEI DE UM LUGAR ONDE A MALA NÃO CONSEGUE NOS OUVIR

Mais um ilusionista. Nos últimos meses, meu Detector de Inimigos fez duas leituras: *A Favor de Nós* e *Contra Nós*, com Sua Trairidade Swain fazendo o detector ultrapassar o nível máximo. Bem que eu queria que essa galera toda fosse *A Favor de Nós*. Seria uma maravilha. Mas agora?

— Talvez eu possa ajudá-los a ganhar a próxima competição. Venham, vamos estudar! — Olho para ele como se ele fosse louco, e então percebo que ele está piscando para mim. Eca!

Seguimos Crossley para fora da sala comunal, descemos umas escadarias e passamos por uns corredores até chegarmos ao ponto entre os Alojamentos A e Alojamentos B. Ele aponta para as paredes, que, por alguns metros, não têm câmeras nem microfones.

— As portas de contenção de emergências se abrem aqui, então, não há nem câmeras nem microfones instalados — Crossley diz baixinho. — Se vocês quiserem, posso contar o que sei sobre seus pais.

Num piscar de olhos, Whit agarra o moleque pela gola do macacão.

— O que você sabe sobre nossos pais? Onde eles estão? Como é que você sabe?

— Opa, cara! — Crossley quase perde a respiração. — Você não quer me machucar. Posso fazer muita coisa por vocês... se vocês cooperarem.

— Cooperarmos como?

— Fazendo uma troca justa. Eu ganho um pouco da "M" de vocês; vocês descobrem onde, no centro, seus pais estão presos.

Whit quase amassa Crossley contra a parede. Foi o bastante para assustar o menino.

— A pergunta ainda é a mesma: o que você sabe sobre nossos pais?

— Whit, relaxa! — falo quase sussurando, apelando para o, hã, toque feminino. — Olha, Crossley, você parece um cara legal. Não queremos machucá-lo. Mas... sabe de uma coisa? Podemos machucá-lo. Você está mentindo sobre nossos pais. Eles nunca nos colocariam no mesmo centro que eles. Então, primeiro, pode parar de mentir e, segundo, o que é "M"?

— Sua mágica. Ou amuleto mágico. Sei lá. Quero um pouco disso. Não vou passar nas provas e preciso de ajuda. — Ele faz uma cara de dó e Whit solta o menino. — Por favor.

Alguém está pedindo ajuda na prova para mim? Estou prestes a cair na gargalhada quando um alarme dispara.

A voz da MALA ecoa pelo corredor:

— Código cinza. Código cinza. Código cinza.

Crossley se solta das mãos de Whit.

— Alerta da qualidade do ar. Aposto que alguém tentou fugir — ele diz e sai correndo pelo corredor. — Em cinco segundos este lugar vai estar cheio de guardas!

As portas de contenção de emergências se abrem e nos mandam com tudo para a parede atrás delas. Três monitores da escola, do tamanho de seguranças de balada, vêm arrastando o fugitivo Byron Swain. Ele está largado — morto? Não, ele começa a tossir. E com força. É claro que ele me vê e resmunga:

— Bem que eu falei. Fiquem longe da ira da MALA.

Capítulo 52

Wisty

Minha primeira choco-operação é um concurso que está rolando no Dinásio. É basicamente um ginásio para dinacompetentes, que é como chamam os jovens que possam ter habilidades energéticas, em vez de admitir que nós, na verdade, temos magia.

Lá tem pesos para fazer levitar, garrafas com líquidos variados para metamorfosear (é, eu também não sei o que isso quer dizer), barras de metal para entortar, fogareiros a óleo para incendiar. E também tem coelhinhos e ratos em gaiolas, mas ainda não sei para que eles servem. Talvez tenhamos de mudar a cor do pelo deles?

Crossley, que está fingindo que o encontro estranho de ontem nunca aconteceu, me diz que a galera chama esses concursos de "comFEItição", apesar de não espalharem isso por aí. É a mesma coisa quando falam "M" para dizer magia.

A MALA, como a maioria dos oficiais da Nova Ordem, não tem nem um pingo de senso de humor. Então, não estamos aqui lançando feitiços, sabe? Estamos demonstrando nossos "potenciais dinacompetentes" e transmitindo "energias biocinéticas". A voz macia como manteiga da MALA enche a sala:

— Alunos, encontrem seus parceiros na estação de trabalho identificada na lista de tarefas na lousa e aguardem as próximas instruções. Vocês terão sessenta segundos para completar o desafio.

Olho para a lousa e dou um gemido alto. Whit vai trabalhar com uma menininha bonita chamada Cherry Lu, que está paquerando desde que chegamos aqui. E eu?

Perfeito.

Meu par é o Byron-Fuinha-Sem-Magia-Que-Não-Deveria-Estar--Aqui-Para-Começo-de-Conversa-Swain. O Informante-Swain. O Próximo-Meia-Luz-Swain.

Respiro fundo para resistir à vontade de estrangular esse cara. "Concentre-se, Wisty. Você precisa vencer o concurso", eu lembro a mim mesma. "Faça isso pelo chocolate."

Byron e eu vamos até nossa estação de trabalho. É uma bancada de madeira com uma série de lâmpadas e um tipo de tambor de metal antigo preso ali. Enquanto andamos, coloco meu braço ao redor da cintura dele, mas só porque tenho um lápis na mão, que, aliás, estou enfiando em sua cintura com toda a força.

Ele não apresenta resistência alguma a mim.

— Eu o odeio para sempre — falo para ele com os dentes cerrados. — Para sempre, você está me ouvindo? Você é um criminoso. Um informante na Terra Livre. E provavelmente é a razão pela qual eu e o Whit estamos aqui.

Byron não diz nada. Ele fica... triste.

— Quando eu contar até três — continua a MALA —, vocês vão virar o cartão de instruções de sua estação. A primeira equipe a completar, com sucesso, a tarefa ali descrita ganha uma viagem para o Centro de Recompensas do AMN... e chocolate. Preparem-se!

Dou um empurrão no Byron para ele sair do caminho e lanço um olhar ameaçador para ele entender que não deve interferir.

— Você é provavelmente a razão pela qual Eric me traiu.

— *Um...*

— E a razão pela qual Margô morreu — o acuso. — Você é um assassino.

— *Dois...*

— E o que você tem a dizer em sua defesa, seu piolho nojento? — Seguro o cartão laminado de instruções com as duas mãos. Byron me olha nos olhos.

— *Três!* — MALA anuncia.

— Prometo, Wisty — Byron sussurra —, que tudo o que faço é para lhe proteger, não para lhe machucar. Juro pelo meu cadáver. E vou morrer logo, mesmo. Eu até morreria por você.

Viro o cartão e... Fala sério!

Boa tarde, senhora. Menina em Chamas se apresentando!

Capítulo 53

Wisty

Foi fácil demais.

Sobre a bancada, havia uma turbina a vapor ligada a um gerador e, olha só, tudo que tive de fazer foi usar a magia para esquentar o negócio até que acendesse as lâmpadas sobre a mesa. As lâmpadas brilharam com tanta força que a galera começou a gritar para eu desligar tudo porque a luz estava machucando seus olhos.

Tem gente que não sabe perder.

Mas também não posso culpá-los. Eu teria ficado doida da vida se não ganhasse meu chocolate.

Estou tão animada que nem me importa que Byron esteja vindo comigo. Mas, tenho de admitir, a presença traidora dele me deixa tão maluca que fica fácil acender cada lâmpada do caminho ao sair do Dinásio.

Nem percebo que o "Centro de Recompensas" parece um *call center* meio caindo aos pedaços, com cubículos por toda a parte. Em cada um deles, há uma criança feliz, com a boca marrom e pratos enormes cheios de chocolate à sua frente. Elas estão cobertas de fios e sei lá mais que trecos eletrônicos, que às vezes pulsam com uma luz azul esquisita.

Mas, meu Deus, sente só esse cheiro de chocolate! Minha boca está salivando! Minhas pernas estão moles! Não consigo nem falar.

— Prisioneira Allgood e Informante Swain, por favor, prossigam até os cubículos 124G e 124H — MALA nos orienta.

— Vem comigo — Byron diz. — Vou lhe mostrar como ligar os monitores.

— Monitores?

— Você precisa usar os monitores enquanto come o chocolate.

— Bom, isso não é surpresa, já que você sabe tanto sobre tecnologia de vigilância. — Dou uma risadinha. A verdade é que, e isso fica entre nós, para ganhar um pouco mais daquele chocolate, eu até usaria uma camiseta "Eu ♥ Byron".

Byron me ajuda a colocar as ventosinhas na testa e nos braços. Elas são como os eletrodos que as pessoas usam no hospital, mas maiores, e os fios são bem mais grossos.

E então, agora sim, lá vem um carrinho automatizado com dois pratos enormes de chocolate; tipo, maiores que a minha cabeça! Um tem o nome de Byron e o outro...

Engulo pelo menos uns cem gramas sem nem pensar no que estou fazendo. Essa coisa é boa mesmo.

E comeria muito mais, se não fosse pelo meu estômago, que começa a reclamar. Acho que existe uma razão pela qual as pessoas não comem doce no café da manhã, almoço e jantar.

Respiro fundo e olho ao meu redor.

Algumas dessas crianças devem estar aqui há um tempo, pois comeram a bandeja inteira. A maioria está caída para a frente. Tirando uma soneca, talvez?

A não ser aquele menino ali, que está meio verde. E aquela menina deitada no chão. Fico de olho neles. Num certo momento, dois brutamontes em jalecos de médico entram e tiram a menina dali.

Byron interrompe sua chocofesta e nota meu olhar.

— É, provavelmente ela ainda não aprendeu qual é seu limite. Vão levá-la para o vomitório.

— O vomitório? — pergunto, sem pensar muito.

— É como os alunos chamam o lugar onde fazem a lavagem estomacal.

— Ah... — respondo, achando aquilo vagamente perturbador, mas sinto outro desejo de chocolate vindo e volto a prestar atenção em minha bandeja gloriosa. Juro que, se tivesse isso em minha antiga escola, eu pesaria uns cem quilos.

De repente, começo a ficar muito cansada e as ventosas grudadas em mim... é como se elas tivessem ficado bem geladas de uma hora para a outra. Estão quase queimando e o frio arde tanto. Os fios estão brilhando com um azul artificial. E meu estômago está totalmente revirado.

Acho que nunca me senti tão cansada na vida. É como se esses fios estivessem sugando a vida de mim...

Byron me olha preocupado. O que ele está dizendo? Talvez se eu colocasse minha cabeça sobre a mesa só por uns segundos e fechasse os olhos...

Capítulo 54

Whit

A COITADA DA WISTY MAL conseguia ficar sentada e, por dois dias, ficou deitada no beliche dela, sobrevivendo à base de água e biscoitos água e sal que roubei da cantina.

A parte mais maluca e assustadora dessa história é que, mesmo tão doente, ela ainda queria comer chocolate.

Minha irmã era oficialmente uma viciada.

— Na verdade, eu fantasiei que chegaríamos aqui e tudo seria como um centro de reabilitação para celebridades, e que poderíamos ficar sem fazer nada o tempo todo, só nos recuperando — Wisty confessa para mim a certo ponto. — Mas agora que estou nessa situação... é um saco.

Resolvemos que, daquele momento em diante, seríamos os alunos mais normais e nada notáveis daquele prédio. Isso não seria nada fácil para um atleta campeão e uma menina que adora causar (e aparecer).

Vamos fazer tudo o que nos mandarem e nada além disso. Nada que nos coloque em evidência. Faremos qualquer coisa para não ganhar atenção especial.

Porém, é quase impossível ficar de boa com Crossley e Byron por perto; adoramos interrogar esses dois até não podermos mais. Mas percebemos rapidinho que a melhor estratégia é fazer que sim com a cabeça, com toda a educação, e realizar nosso trabalho com a maior mediocridade possível.

Nossas tarefas se concentram na "eficiência brilhante" da visão de mundo da Nova Ordem. Redações em que provamos que O Único Que É O Único é o visionário mais poderoso da história da humanidade. Problemas de matemática em que demonstramos que as pessoas nunca foram tão produtivas quanto agora, sob o governo da Nova Ordem. Leituras científicas em que aprendemos que a magia, a arte, a música e a maioria das antigas atividades extracurriculares da humanidade eram nocivas aos humanos.

Um dia, porém, quando Crossley faz uma coisa muito imbecil, nosso plano de integração vai por água abaixo. Ele ainda está irritado com a Wisty porque ela se recusa a dar um pouco de "M" para ele.

Estamos sentados na cantina, comendo um mingau de aveia nutritivo, porém antidelicioso, quando ele joga um pedaço de chocolate sobre a mesa, bem na frente dela. Deve ser roubado, pois ele não faz muitas viagens para o Centro de Recompensas.

— Quer um cho-co-la-te, Wisty? — ele diz bem devagar, lambendo os beiços.

Minha irmã olha para o doce e literalmente começa a tremer perante a tentação. Ela larga a colher e agarra as pontas da mesa de metal com as duas mãos.

— Éééé... — Crossley continua, apesar do meu olhar "vou lhe transformar em carne moída" direcionado a ele. — Eu venci um concurso. Acho que não precisava mesmo de sua ajuda. Pensei que, talvez, você quisesse me ajudar a comer minha recompensa — ele diz, empurrando o chocolate para mais perto dela. — Ou não. — Ele enfia o chocolate na boca.

Wisty está tremendo. Na verdade, ela está tremendo com tanta força que a mesa inteira está se mexendo. E agora, ah, não, de novo, não...

Ela pega fogo.

Capítulo 55

— Finalmente! — Diz O Único Que É O Único, triunfal. — Era isso que eu precisava ver. Nossa! — ele continua, se afastando das dezenas de monitores de vídeo e coçando o queixo —, é exatamente como pensei. Parece que ela se manifesta em momentos de grande coação. O que indica que tem pouco ou nenhum controle sobre seu Dom.

O homem ao seu lado digita tudo num tablet e faz que sim com a cabeça a cada frase do Único.

— Depois que extinguirem as chamas, coloquem-na na Ala de Isolamento. Precisamos estudar suas habilidades num ambiente controlado. E, não é preciso dizer, sem compaixão. Para nenhum dos dois. Preciso de resultados, resultados, resultados!

— Sim, Vossa Excelência — diz o assistente.

— Os Allgood acreditam que estando aqui podem chegar mais perto de mim. E nisso, estão absolutamente certos. — O Único reflete. — Na hora certa, depois que os conhecer melhor que eles mesmos, vou ficar bem, bem perto deles.

Capítulo 56

Wisty

— Bom, "horrível" tem uma nova definição no dicionário — comento para mim mesma em voz alta, enquanto examino minhas novas acomodações. A Ala de Isolamento em que me colocaram é, na verdade, um porão enorme, sem janelas e insuportavelmente frio e úmido. — Este lugar faz o Hospital Psiquiátrico Estadual General Bowen (uma das masmorras de onde já fugimos) parecer uma floricultura, uma casa de chá ou um salão de carteado.

Que ótimo! Cinco minutos na solitária e já estou falando sozinha.

Tudo bem, sem problemas. Meu *bunker* gigante está prestes a se encher com seis cientistas enormes que vão fazer uma série de exames inúteis em mim. Sabe quando o médico bate com um martelinho no seu joelho, olha dentro do seu ouvido com uma lanterna, faz você mostrar a língua e nunca encontra nada de errado? Começa assim. Os médicos parecem especialmente interessados em minha cabeça e a examinam com uma lupa.

— Pena que o original foi destruído — uma giganta, que decido chamar de Helga, diz a outra "pesquisadora", que parece uma cabeleireira de cidadezinha de fim de mundo, que quase foi reprovada no curso de esteticista. Vamos chamá-la de Gigi.

— O informante nos forneceu uma pequena amostra, mas dizem que o restante foi perdido ou está, possivelmente, sob guarda — diz Gigi.

Será que estou ouvindo mesmo que meu cabelo se tornou um tipo louco de *Cálice Sagrado*?

E, então, alguém começa a arrancar amostras de meu cabelo ou, melhor dizendo, dos tufos vermelhos, com um tipo de pinça.

— Ai! — eu grito e tento dar um tapa naquela mão, mas alguém segura meus pulsos: um assistente de laboratório de cara pastosa que eu chamo de Hans.

Gigi, que deve ser a cientista principal, dá um passo para trás e parece confusa, quase satisfeita, com a minha reação.

— Por que você não depila minha cabeça inteira com cera? — falo cuspindo e cheia de sarcasmo, e me arrependo instantaneamente.

Porque é aí que a tortura começa de verdade.

Capítulo 57

Wisty

COMEÇA COM A DEPILAÇÃO com cera. Helga pega a substância quente e as faixas de pano grudentas, e começa a arrancar meu precioso cabelinho que estava crescendo do meu crânio. Tá, da minha cabeça, mas parece que estão depilando até meu osso.

Nota para mim mesma: jamais dê sugestões de tortura para criminosos. Eles já são seres possuidores de ideias criativas.

Tipo, testar minha reação a sirenes de estourar os tímpanos acionadas ao acaso. Ou a luzes que piscam bem devagar até meus olhos se acostumarem à escuridão para, então — *flash!* —, ficar cega com raios de pura luz branca. Já ouviu falar de enxaqueca?

— Se isso fosse um interrogatório, eu já teria dado as respostas para vocês há muito tempo. Então, quais são as perguntas? Vou repetir: o que vocês querem de mim?

— Queremos o seu Dom — Gigi diz. — Isso seria o suficiente.

— Nem pensar! E não o daria a vocês nem se soubesse como.

Enquanto Gigi faz o experimento, Hans e Helga me seguram no lugar. Seus três compatriotas de branco sentam-se numa fileira de cadeiras à minha frente com seus cadernos, de olho em mim como se eu fosse o episódio final de sua série de tevê favorita. Só está faltando a pipoca.

Em seguida, jogam jatos de ar quente no meu rosto e nas narinas como numa limpeza de pele dos infernos. Estou sufocada por bafo de dragão. Prefiro esquiar na água.

Depois, eles demonstram uma técnica aguda de "beliscação", que precisa de seis mãos: as de Helga, Hans e Gigi. E se você acha que é brincadeira de criança, está muito enganado. É tipo ser atacada por formigas enormes e com muito ódio no coração.

— Entregue o seu Dom!

— O queeeeeeeeeeeehummpffff!

Ah, me esqueci de mencionar! Pelo jeito eles precisam fazer tudo duas vezes: uma vez com fita tapando minha boca/olhos/mãos e uma segunda vez sem a fita. Dessa vez é com a fita.

Eles me obrigam a comer coisas inomináveis (não consigo nem descrevê-las sem ficar com ânsia). Vamos dizer que eu preferiria arrancar com os dentes a cabeça de um morcego vivo.

E qual é a pior parte, você quer saber?

Se você tem algum tipo de aversão a desmembramento humano, pode parar de ler. (Tá, isso deve incluir quase todo mundo.) Embora meus membros permaneçam intactos, os de alguém, aparentemente, não estão mais.

Eles trazem as mãos do baterista. Numa bandeja.

Eu sei que é a mão dele por causa do anel. Eles me forçam a segurar as mãos mortas dele e, meu Deus, são de verdade mesmo.

Achava que a Nova Ordem tinha banido toda a forma de arte, mas estava errada: a fina arte da tortura humana está viva aqui e passa bem.

Capítulo 58

Wisty

FINALMENTE, DESISTEM de mim. Pelo menos por enquanto. Eu me encolho como uma bolinha, tentando recuperar minha energia para quando eles voltarem. As horas intermináveis de silêncio (além das goteiras) são interrompidas por uma briga de ratos, o barulho da portinha por onde eles passam a comida e o *tuc-tuc-tuc* de um filão de pão velho e um bloco de ervilha semicongelada chegando até mim.

Sim, ervilha. E com cristais de gelo.

Pego o bloco, que quer se desintegrar, e me assusto com um barulho que parece de algo fervendo. Deve ser minha imaginação. Eu me lembro de quando tinha 6 anos de idade: eu e o Whit planejamos roubar a ervilha do freezer da minha mãe, jogar tudo na privada e dar descarga sem que ela soubesse. Nós nos demos bem na parte A do plano, o que não aconteceu na parte B. E adivinha quem entrou pelo cano? Eu. Sempre eu. E ainda sou eu, sofrendo aqui sozinha.

Whit, preciso de você aqui, agora! Jogo o tijolão de ervilha na porta, com uma força que não sabia que tinha, e ele se parte com um barulho crocante.

— Ah, não! — Ouço uma voz de trás da porta. — Você está bem aí, Wisty?

Whit?

— Whit? — eu grito, correndo até a porta ao ouvir uma chave na fechadura.

E entra meu irmão, escoltado por um monitor fortão da escola. Para a minha surpresa, o cara escorrega nas ervilhas ao entrar na sala, mas, infelizmente, não cai de cara no chão.

— Putz, Wisty, o que aconteceu com a sua cabeça? — Essas são as boas-vindas de Whit.

Dou um abraço nele, e então vejo quem está sendo escoltado atrás do meu irmão. Com um olho roxo. Mas como isso é previsível, né?

Encaro o fuinha.

— Achei que isso aqui fosse a solitária.

Ele me encara de volta.

— A culpa não é minha, Wisty. Não fui eu quem decidiu. Pode perguntar para o seu irmão.

Solto o Whit e os monitores mal-humorados largam os dois lá no porão comigo. Sem dizer uma palavra, vão embora e a porta se tranca com um clique.

— O que aconteceu com vocês dois? — pergunto e não consigo esconder meu prazer pela prisão deles; na verdade, pelo fato de eu ter companhia de novo, o que, você sabe, a miséria adora.

Whit dá de ombros.

— Byron e eu nos metemos numa briga à moda antiga. Você sabe. Coisa de homem.

— Ah, mas que bom para vocês, meninos. E bom para mim. Agora eu tenho companhia! — Abro os braços. — Sejam bem-vindos à minha pequena loja de horrores. Ah, eles fazem depilação da cabeça com cera e de graça aqui, viu? Tenho certeza de que vão depilar seu peito, Whit. E sua monocelha, Byron.

— Isso é nojento! — Byron comenta, pegando uma ervilha do chão sujo e examinando-a.

E as coisas vão ficar muito mais nojentas neste calabouço.

Capítulo 59

Wisty

ESTOU SEGURANDO UM membro, talvez seja um braço arrancado. Do Baterista Sem Ordem. De repente, o braço começa a pulsar e se mexer como se fosse uma coisa viva: primeiro, faz carinho no meu rosto e, depois, como a alma traidora a quem pertencia, me arranha no olho...

Acordo gritando, com o coração aos pulos. O pior é que Byron está bem perto do meu rosto. Sinto o cheiro da colônia estranha dele.

— Você está bem, Wisty? Está branca como um fantasma e suando mais que um cavalo.

Está na cara que eles deram para o Byron um tipo de roteiro diabolicamente escrito para me deixar no limite entre suicídio e assassinato.

A monotonia da falta de luz do dia, aqui embaixo, cria o ambiente ideal para a psicose. Já estamos fazendo apostas para ver quem sucumbe primeiro. Byron começou a contar ervilhas — e não estou brincando —, igualzinho ao seu pai Caloteiro da Nova Ordem. Whit tem escrito em seu diário e procurado a Terra das Sombras (e a Célia, é claro). E eu estou me machucando para me fortalecer para a próxima visita da brigada da tortura.

— Faça ele ir embora, Whit — resmungo em meio à minha dor de cabeça.

— É verdade, Wisty — Byron insiste —, só quero ajudar...

— Não preciso de ajuda. Sou perfeitamente capaz de me sentir miserável sozinha. Saia daqui e faça alguma coisa útil pelo menos uma vez na vida — falo baixinho.

— Alguma coisa útil? — ele diz. — Ah, não sabia que você achava que eu fosse capaz disso.

— Fala sério! Ficaria tão feliz se alguém provasse que estou errada bem agora.

— Bom, então... Que tal eu tentar abrir a fechadura?

Whit e eu olhamos para ele, para ver se ele está brincando. E então eu me lembro: Byron tem um senso de humor menor que zero.

Ao explorarmos o lugar, encontramos três portas. E, claro, todas estavam bem trancadas. Analisamos com cuidado o local, caso houvesse uma pessoa normal e de bom coração escondida no corpo de um monitor mal-humorado da escola. (Não.)

— Tirei a fechadura de uma das portas; não da porta por onde entramos — Byron explica. — Depois a coloquei de volta no lugar, para não termos problema.

— Uma porta é uma porta — afirmo, ainda chocada. — Como você conseguiu?

— Não foi tão difícil assim. Eu era uma das Estrelas de Honra dos Líderes do Setor e aprendíamos um monte de coisas que poderiam ser úteis numa prisão. Então, achei um pedaço de arame, o enfiei na fechadura e o virei para cá e para lá; não demorou muito e consegui abri-la.

— E quando, mesmo, você conseguiu fazer isso? — pergunto.

— Quando vocês estavam roncando tão alto e eu não consegui dormir.

— Deixe-me ver se entendi direito — diz Whit. — Você consegue abrir uma fechadura que pode ser nossa rota de fuga daqui e não nos conta nada?

— Bom, é que tem uma coisa atrás da porta — Byron explica.

— E daí? Tipo o quê? Um monstro? — Whit faz uma careta assustadora para brincar.

— Mais tipo... hum... — A voz de Byron morre no meio do caminho.

— O quê?! — eu grito para ele.

— Seus pais.

Capítulo 60

Whit

Sei que você está se perguntando a mesma coisa que eu. E tenho certeza de que Wisty também está. Pode haver no mundo uma razão para não nos contarem que nossos pais estão na sala ao lado? Se é que estão mesmo...

— Eu... eu acho que eles vão machucar vocês, Wisty. — Byron gagueja. — Não é seguro se aproximar deles. Aconteceu alguma coisa com seus pais.

Esse cara só fala bobagem. Tem de ser. Pelo jeito Byron está sendo o primeiro de nós a pirar de vez.

Abraço minha irmã. Ela está tremendo de pavor.

— Como assim não é seguro? Eles são nossos pais! — A voz dela fica cada vez mais aguda. — Eles não são capazes de nos machucar. Juro, Byron, que se você não estiver mentindo e puder nos levar até eles, vou cobri-lo de beijos. E vou perdoá-lo por cada uma das coisas horríveis que fez. Olha que não foram poucas!

O fuinha não precisa pensar muito. Com um suspiro, segue em direção à porta e vamos atrás dele. Será que Crossley estava dizendo a verdade?

— Swain, você não vai se safar tão fácil — falo para ele. — Se estiver mentindo, vai se arrepender pelo resto de seus dias. E, se não estiver, vai nos explicar por que eles são perigosos!

— Não posso explicar — ele diz, e parece tão perturbado quanto nós. — Certas coisas simplesmente não têm explicação. Mas é verdade.

— Nossos pais são gente boa. Eles não mudaram — afirmo quando chegamos à porta. — Só... faça o que tem de fazer, Byron.

Byron está tremendo. Não sei se é medo de verdade ou se ele é um ator muito bom, mas não interessa. Ele faz que sim com a cabeça, enfia o pedaço de arame na fechadura e começa a cutucar.

Após uma pequena eternidade, ouvimos um "clique".

Capítulo 61

Whit

Dou um chega para lá no Byron, pego a maçaneta e a empurro para baixo. Somos cumprimentados com mais um "clique" e, então, abro bem devagar a porta, que range.

Diferente dos outros lugares desse buraco esquecido, o corredor à frente não é mal iluminado. É totalmente escuro.

— Está conseguindo ver alguma coisa? — Wisty pergunta, atrás de mim.

— Esperem até seus olhos se acostumarem — Byron sugere. Ele está meio longe de nós e com certeza nem um pouco animado por ter sugerido esse planinho. Mas, agora, é tarde demais. — Vocês vão ver. Eu acho.

Depois de uma pausa, meu coração vai parar na boca. Com certeza tem algo se mexendo na escuridão à nossa frente.

— Mãe? Pai? — Tento chamá-los.

Wisty acha que chamei os dois porque os vi e sai correndo de trás de mim.

— Mãe! Pai! — Ela berra.

Eu a sinto passar voando por mim.

— Fique para trás! — grito e, por sorte, consigo pegar na manga do macacão dela. E bem a tempo, também.

Porque, bem nessa hora, ouço o rosnado mais alto e assustador do mundo.

Wisty fica sem ar.

— Tudo bem, Whit — ela fala baixinho. — Eu levo jeito com cachorros.

— Não é um cachorro. — A voz de Byron aparece do nada. — Pode acreditar em mim.

Mas é a próxima voz que ouço que faz meu coração pular. Ou melhor, pular de paraquedas.

— Whit? Wisty? Ouvi a voz de vocês?

— Somos nós, mãe! — Wisty responde para a escuridão. — Estamos aqui! Você e o papai estão bem? — Wisty está esperneando e tentando se soltar de mim, mas ainda não vou soltá-la. Pode ser perigoso. Tem algo muito errado por aqui.

E, então, nossa mãe diz:

— Não se aproximem de nós! Vão embora!

Agora, sim, tenho certeza de que algo muito ruim está prestes a acontecer. Consigo sentir!

Nossos pais não nos querem aqui.

Capítulo 62

Wisty

UMA LUZ FRIA E azulada pisca do nada e ilumina o final do corredor. Se fosse cinema, estaríamos num filme de terror em preto e branco.

Meus pais — esqueléticos, com os olhos fundos e apáticos — parecem estar acorrentados a uma parede lá longe. O cabelo da minha mãe, antes tão grosso e cacheado, parece escorrido e ensebado. Os olhos dela quase saem das órbitas enquanto encara, assustada, a escuridão. Ela não consegue nos ver? Acho que não.

Os olhos do meu pai estão... fechados. O corpo dele está tão magrinho, e ele está largado num canto. Será que ele...?

Não consigo nem começar a entender o que está acontecendo. É tão errado, impossível de compreender.

— Pai! — grito de novo. E vejo um animal enorme emergir da escuridão.

Minha mãe berra de novo:

— Vão embora! Eu imploro a vocês! Fiquem longe de nós!

A criatura começa a andar de um lado para o outro na frente de meus pais. Whit me segura com ainda mais força. A carne da criatura está caindo dos ossos, de sua boca pinga sangue, e consigo ver partes do osso de seu crânio por entre o pelo sarnento e cheio de falhas.

De quem é esse sangue no focinho dele? Por favor, não deixe ser dos meus pais...

De repente, a luz no espaço sem forma fica mais forte. Os fios ligados em meus pais estão ficando azuis, no mesmo tom assustador daqueles do Centro de Recompensas, onde eles me deixaram seca.

— Temos de tirar essa coisa deles, Whit! Agora! Se você não tirar, tiro eu!

Byron fala baixinho atrás de nós:

— Não, Wisty! Essa criatura é um sugador de espíritos, um Perdido! Se ele pegar você, é o fim! Ninguém, nem você, pode derrotá-lo.

— Eu não me importo! — berro, tentando me soltar do Whit. — Eu vou queimar você, Whit. Juro que vou.

— Wisty, espera só um segundo. — Os olhos de Whit estão vidrados na cena, chocados, e ele me solta. — Ai! — ele grita. — Você me queimou mesmo!

Estou brilhando. E ficando cada vez mais quente. Eu sou uma brasa. Será que minha "M" está aumentando?

— Consigo fazer isso! Pai, mãe, vou soltar vocês... não se preocupem!

— Não! Vão embora! — Minha mãe geme. — Fiquem longe! Estou avisando, Wisty! Você também, Whit!

Saio correndo em direção a eles e Whit está a meio passo atrás de mim. Sabia que ele não negaria luta! A criatura se vira para nos encarar e começa a vir em minha direção a toda velocidade. Balançando sob a mandíbula dela, vejo aquele pelo cheio de sangue e tudo está apodrecendo. Então, atravesso uma parede virtual do bafo fedido dela.

Dou um pulão em direção à criatura e imagino uma tigresa atacando um chacal violento na selva. Eu me concentro na sensação das garras se esforçando para sair de meus dedos, afiadas o bastante para cortar essa besta maldita ao meio.

Por favor, por favor, tomara que minha mágica funcione...

E, então, mergulho em pelo, ossos e dentes.

Capítulo 63

Wisty

No segundo em que Whit encosta em mim, caímos com a maior força no chão e tudo fica escuro. E tudo some. A criatura, meus pais, a luz azul esquisita — tudo. E então... tudo é explicado.

— Ora, ora, ora! — Ouvimos uma voz atrás de nós. E não é a do Byron. — Mais uma vez você arruinou tudo, Whitford Allgood.

Whit e eu ainda estamos nos recuperando do impacto e vendo estrelinhas, mas aquela silhueta com uma bengala na mão combinada àquela voz assustadoramente familiar é sinônimo de más notícias; aliás, das piores notícias.

É O Único, claro, em seu terno escuro, os braços compridos cruzados, bem na nossa frente. Não há sinal de Byron, o Fuinha Traidor.

— Vocês querem saber o que estou fazendo aqui? Fazendo uma pausa em meu itinerário assustadoramente ocupado? — ele continua. — Bom, sinto em dizer que recebi uma ligação do diretor da escola. Parece que vocês não são os alunos-modelo que eu esperava que fossem. Bem, quanto a você, Wisty, teve a oportunidade de fazer um avanço e seu irmão superprotetor acabou com tudo. E quero dizer literalmente. Eu estava tão perto de obter o Dom de Wisteria.

Whit ainda está me segurando, mas me levanto. Não consigo abrir totalmente os olhos, estou tonta. A visão horrenda de meus pais ainda está piscando na minha mente.

— Avanço? — Finalmente consigo falar. — Você está me dizendo que aquele show de horrores foi apenas mais um teste?

— Não estou dizendo nada, Wisty. Já perdi minha paciência com você.

— O qu...? — Talvez meus pais não sejam refugiados de guerra quase mortos de fome e guardados por um Perdido? Isso é bom! Meu batimento cardíaco está voltando ao normal. — O que você quer de mim? — Exijo saber. — Tirei nota máxima no teste no Dinásio e depois fiquei com tanto enjoo que quase vomitei minhas unhas dos pés. E é isso, cara. Não sou aluna nota dez.

— Como você está errada, menina! Eu deveria saber que você ignoraria o que lhe ensinei sobre o verdadeiro potencial de seu poder. Nós tínhamos mais fé em você, mas você provou que não passa de outra adolescente que desrespeita a orientação dos mais velhos. Que triste... — Ele suspira. — Ouso dizer que você merece uma punição por fazer a sociedade perder tanto tempo e tantos recursos. Mas por onde começar? Há tantas maneiras de punir e o tempo é tão curto. — Ele dá uma risadinha. — Talvez possamos começar vaporizando seu amigo.

Meu estômago dá um nó de marinheiro. Penso imediatamente em Janine. Ou talvez ele esteja falando do Emmet...

— Sr. Swain! — O Único anuncia.

— O quê? — Whit pergunta.

— Agora vou desintegrar seu bom amigo Byron.

Estou tão mexida com todo o horror, a ansiedade e o alívio dos últimos minutos que não consigo me conter e solto uma gargalhada. É uma risada nervosa, mas uma risada mesmo assim. Inapropriado, sim. E talvez até um pouco doido de verdade.

Sua Gelacidade solta os braços, surpreso, e me olha com um ódio muito mal disfarçado.

— Qual é a graça?! — ele grita. — Não entendo seu senso de humor.

Whit está rindo também.

— Vá em frente — ele diz. — Fuinhas são imunes à vaporização mesmo.

Como se quisesse demonstrar que ele é o primeiro a sucumbir à psicose do isolamento, Whit começa a imitar uma fuinha pulando e tentando se esquivar de raios vaporizadores. E eu continuo a rir. É ridículo demais.

O Único Que É O Único nos encara, chocado.

— Ótimo — ele diz em voz baixa e se vira para mim. — Nesse caso, vai ser você!

Daí eu paro de rir. E o Whit também.

— Vou admitir que estou bem satisfeito com os resultados de meus experimentos com seus pais até aqui. Estou ficando cada vez mais forte... e eles, bem... vocês viram os resultados fantásticos... — Ele aponta para o local da cena maluca. — ... mesmo sendo uma projeção holográfica. Minha última conquista dinacompetente, aliás. — Ele dá um sorriso do tipo "parabéns para mim", que eu retribuo com um olhar arrasador de morte. — A esse ponto, pode ser que eu nem precise mais de vocês, crianças Allgood. Então, apresento a você, Wisteria, um prazo: doze horas. Exatamente doze horas para manifestar o Dom de modo que eu possa... compartilhá-lo. Se não o fizer, vou executar você e seu irmão.

E então, com uma onda e um feitiço, ele gela o porão todo com uma tempestade de neve bem pesada, que cai do teto. A temperatura despenca pelo menos uns cinquenta graus.

— Isso deve ajudá-la a se concentrar — ele diz. — Particularmente, acho que o frio faz maravilhas pela maioria dos alunos. — Ele sai da sala num redemoinho.

Capítulo 64

Wisty

E A NEVE NÃO para de cair.

Minha nova definição de mal puro: qualquer pessoa que me faça odiar algo que amo. Tipo do jeito que odeio chocolate agora. Isso é um crime! É tudo culpa do Centro AMN. Acho que odeio a Célia por ter deixado o Whit meio louco. Definitivamente, culpa da N.O. E hoje O Único me fez odiar a neve. Que eu adorava.

Eu me lembro de como, toda vez que nevava, Whit e eu dávamos um jeito de dar uma volta de trenó. Não importava se estávamos crescidos demais para isso. A única coisa que mudou foi como nos sentíamos cada vez mais confortáveis com o perigo e descíamos de morros que terminavam num lago "congelado" (na verdade, rezávamos para que estivesse congelado). Nos últimos anos, ele arrastava a Célia conosco e, admito, eu adorava ver os dois juntos. Eles eram tão felizes.

Que dias maravilhosos! Não tínhamos medo de nada.

Mas, nesse exato momento, a neve passa a simbolizar meus últimos e amargos momentos de vida.

Achei umas tábuas de madeira. Empilhei-as e me sentei sobre elas para retardar um pouco o processo de congelamento da minha bunda. A neve já está a uns sete centímetros de altura. Meu irmão, sempre heroico, continua explorando o porão, procurando por uma saída ou um novo portal. Enquanto isso, recito cada poema, letra de música ou canção de ninar que tenho na memória. Eu sei que essas escolas têm mecanismos "antimagia", mas parece que quase sempre damos um jeito de usar nossos poderes, pelo menos um pouquinho, se tentamos com vontade.

É o frio. Eu sei. Eu odeio essa porcaria de frio. E o frio vai ser a minha morte.

— Tá, Whit, pega o seu diário! Vou ditar meu Último Desejo e meu Testamento.

— Estou escutando! — A voz abafada de Whit vem de um canto do porão, onde ele está dando batidinhas na parede como um detetive. A única diferença entre o detetive e ele é que meu irmão não tem a menor ideia do que está fazendo.

— Escreve aí! Estou falando sério.

— Wisty, odeio lembrar você disso, mas... *nóis num têm nadica de nada pra dexá prosotro.* — Whit fala com sotaque caipira e vem até mim com alguma descoberta na mão. — *Nem ninguém pra dexá nadica de nada.*

— Pare de drama! Quem faz drama aqui sou eu. E gostaria de lembrar o senhor que, em algum lugar do mundo, estão as duas metades da minha baqueta. Eu as deixaria para você, mas você vai morrer também, então, preciso de um plano B mais realista.

Whit chega com um pedaço de tela branca grande o bastante para enrolar um cadáver lá dentro.

— Achei isto aqui — ele diz, jogando a tela ao meu redor. — Não é muito, mas...

— Se isso ajudar a retardar a hipotermia, nem que seja por cinco minutos, eu aceito. Valeu! — Seguro uma pontinha para que ele possa se sentar ao meu lado. — Então, pronto para escrever?

Whit me lança um olhar surpreendentemente normal, sem o sinal de loucura pela Célia, graças a Deus. Eu preciso da sanidade dele.

— Manda ver, Wisty!

Ele pega seu diário e uma caneta, e eu pigarreio, dramaticamente.

— Eu, Wisteria Rose Allgood, venho por meio desta declarar meu Último Desejo e Testamento.

Capítulo 65

Wisty

Faço uma pausa e olho para a neve que cai. Ela é linda, mas de um jeito meio falso, e volto a me lembrar daquele tempo em que nada me assustava. E agora não estou mais com medo do que vai acontecer. Estou em paz.

— Para começar, que o mundo saiba e também os Curvas, os Meia--Luzes, os Perdidos e até os zumbis da Nova Ordem que sou uma bruxa e tenho muito orgulho disso. Todos os meus poderes, quaisquer que sejam eles, eu aqui deixo para meu amado irmão, Whitford P. Allgood, durante o tempo que conseguir se manter vivo. Para mais ninguém. Ponto final. Eu preferiria que um Perdido arrancasse membro por membro do meu corpo a deixar que meus poderes sejam extraídos pela Nova Ordem.

— Ah, que fofa, irmãzinha! — Whit diz com falsa modéstia.

— Deixo minha baqueta, se um dia for encontrada, para a minha mãe. Mas, se os Allgood não sobreviverem — sinto um arrepio —, eu a deixo para a sra. Highsmith. Faça a festa, velhinha maneira! Deixo minha peruca para Janine. Você não tem noção de como é bonita, menina. Eu quase vomitava por causa de sua paixonite pelo Whit...

— Preciso mesmo escrever isso? — Whit me interrompe.

— Todas as palavras e cada uma delas!

— Então vá mais devagar.

— Tá. Voltando à Janine. Depois da parte sobre a ânsia de vômito, pode escrever: agora eu sonho com vocês dois se casando e tendo um monte de bebês rebeldes. — Whit revira os olhos. — Além disso, deixo minha guitarra...

— Espere aí. Você não tem uma guit...

— Cale a boca! Veja se me deixa sonhar um pouco, tá?

Whit faz que sim com a cabeça.

— Deixo minha guitarra para Sasha. Eu o perdoo por ter mentido para mim, pois agora entendo por que você fez aquilo. Não tem nada mais importante que lutar contra esses demônios arrogantes e malditos da N.O. Me desculpe se o abandonei no final.

Sinto a neve derretida passando pelo tecido dos meus tênis. Indo para a fase dedos-do-pé-necrosados! Enrosco os dedos dos pés para trás, para deixá-los o mais longe possível daquele frio úmido.

— E Emmet. Cara, estou com saudades. Você deixa tudo melhor só com um sorriso. Queria poder deixar para você tudo o que você merece. Um mundo novo. Ou, melhor ainda, o mundo antigo de volta. Como não posso... deixo para você... meu cabelo.

Whit começa a protestar de novo, já que estou careca, mas lanço para ele outro olhar "cale a boca e continue escrevendo".

— Espero que você ainda tenha um pouco dele depois de ter passado a máquina na minha cabeça. Pelo jeito, estão tratando minha cabeleira como um tipo de Santo Graal. É a única parte de mim que vai sobrar depois que me vaporizarem. Talvez, quando o mundo voltar ao normal, você possa até vender meu cabelo no uBay.

— Para algum fã maluco da Wisty que vai pagar milhões por ele — Whit sugere.

— Até parece...

— E eu sei exatamente quem faria isso — Whit diz, e então a pessoa em que Whit está pensando mostra sua cara triste e deprimente em nosso espaço também triste e deprimente.

Ele tem vários defeitos, mas Byron aparece sempre no momento perfeito.

Capítulo 66

Whit

— É UMA HONRA trazer a última refeição para você, Wisty — Byron diz em voz baixa à minha irmã, parecendo humilde de verdade. Ele olha para mim com uma cara de quem está se desculpando, antes de resmungar: — Para você também, Whit.

Ele vem amassando a neve até nós, empurrando um carrinho que faz um barulho agudo e irritante.

— Mais chocolate para Wisty? — pergunto, de um jeito sarcástico. — Esse chocolate quase matou minha irmã da última vez. Talvez agora, na terceira, dê certo? É isso?

— Você pode pular a refeição e me trazer um casaco e botas para neve? — Wisty funga e limpa o nariz, que está escorrendo, na manga do macacão.

Em vez de responder, Byron levanta a tampa de metal, daquelas de bandeja de hotel, apresentando o prato meio sem jeito, como se devêssemos ficar mais interessados na tampa que naquilo que está sob ela.

Wisty parece ler a mente de Byron e aperta os olhos para enxergar a parte de dentro da tampa, mas minha atenção se volta para a merreca de comida nos pratos.

— Batata cozida e barras de proteína?! — Protesto. — Isso aí não é última refeição. É só o que servem aqui.

Wisty e Byron estão se olhando, e ela o encara com uma cara de nojo. Acho que não é por causa das batatas.

— Bom, então... — Byron responde. — Talvez possamos... caprichar um pouco nessa refeição? — Byron lança um olhar tipo "você ainda não entendeu?".

Wisty me cutuca de leve e aponta com a cabeça para a tampa que Byron ainda está segurando. Na parte de dentro dela, tem um bilhete que diz:

> WISTY, EU TE AMO. NÃO VOU DEIXAR VOCÊ MORRER. ACHO QUE POSSO AJUDAR VOCÊS. PROMETO. PRECISO FUGIR DA MALA PRIMEIRO. ESPERO QUE EU CONSIGA.

— Bom, eu proponho o seguinte... — Byron diz, empurrando o carrinho para um canto escuro de nossa vasta prisão. — Deixe-me trazer isso aqui para sua... conveniência.

Espero que a MALA seja mais idiota do que pensamos, já que não tem nada de conveniente em comer num dos cantos mais escuros desse porão.

Pego Wisty pela mão e a arranco das tábuas, sabendo que ela vai precisar ser convencida a ficar no escurinho com Byron depois daquela declaração de amor. Acho que é a nossa única chance de escapar dessa. O desespero é tanto que aceitamos a ajuda de Byron, o Fuinha do Coração Apaixonado.

Quando estamos todos em nossa "sala de jantar", um buraco embaixo da escada, Wisty nem hesita: pega uma batata cozida e a enfia na boca.

— Garçom? — Ela finge acenar para alguém. — Você pode trazer bacon, queijo e requeijão para minha batata? Imediatamente!

— Wisty — ele sussurra, nervoso, mas fala tão baixo que tenho certeza de que nem com uma escuta grudada nele poderia ser ouvido. Putz, ele é bom mesmo! Não é à toa que o cara é praticamente um agente duplo profissional. — Não quis alarmar você com meu bilhete, mas você tinha de saber a verdade para acreditar em mim quando digo que posso ajudar. Provavelmente.

Não preciso de óculos de visão noturna para ver o olhar mortal que Wisty está lançando para ele.

— Desculpe aí perguntar o óbvio, B., mas de que lado você está mesmo? Essa é a minha última pergunta antes de morrer.

— Tá, escute. Descobri algo incrível — ele continua. — Acho que, ao usar seus poderes em mim... você me deixou diferente.

— Fala sério, Swain! — Eu apresso o cara. — Diga logo o que descobriu ou saia daqui.

— A sua magia... eu acho que... passa para os outros. Acho que tenho um pouco dela, e o que eu tenho pode voltar para você... e sua magia vai ficar... mais forte que antes.

Wisty faz uma pausa, tentando absorver essa informação bizarra. Espero que ela fique doida da vida, mas a verdade é que ela o está escutando de verdade.

— Tipo... talvez eu tenha... dado a você um tipo de... carga elétrica? — Não acredito que ela esteja regurgitando esse *Unicoês* todo.

— Talvez. Não sei bem. Olha, deixe eu mostrar para você. Rápido. Preciso dar a mão para vocês dois, precisamos estar nos tocando.

— Se isso é um planinho para pegar na minha mão, B., você morre — Wisty diz.

— Concentrem-se na comida. — Byron ordena. — Imaginem o que querem comer de verdade. Wisty, diga alguma coisa.

— Hum... — Ela fala baixinho e acho que sei o que pode ser.

Ainda não consigo ver nada, mas, em segundos, sinto um cheiro inconfundível. Cheeseburgers, anéis de cebola fritos e, eu acho, milk-shakes. O cheiro é forte o bastante para me deixar de perna bamba.

— Como é que você fez isso? — pergunto ao Byron.

— Vocês se lembram das profecias? — ele diz. — Já imaginaram como um exército de adolescentes poderia vencer os exércitos de soldados da Nova Ordem, que estão cheios de armas, tanques, aviões e navios? Aqui, neste lugar, comecei a compreender que, ao contrário dos soldados da Nova Ordem, estamos transbordando de ideias, criatividade e potencial.

Mais uma vez Wisty me surpreende ao parecer entender o que Byron está dizendo. Por mais que ela odeie o cara, eles parecem ter uma ligação esquisita. Senti isso quando vi os dois tocando juntos no palco. Mas nunca vou falar isso para ela.

— O Único Que É O Único morre de medo de nós e de nosso potencial. Nossa energia. É por isso que ele inventou essas escolas e prisões para adolescentes! — Byron começa a falar mais alto de tanta animação, e precisamos acalmá-lo. — Ele quer descobrir como roubar essa energia, e esse lugar serve para isso. Se não der certo, ele vai, simplesmente, acabar com a ameaça.

— Mas como alguém pode roubar o potencial de outra pessoa? — Penso em voz alta, sem esperar uma resposta.

— É isso que ele está tentando descobrir. Ele quer se juntar à Wisty...

— Eca! — Minha irmã o interrompe. — Eca, eca, eca, eca!

— Silêncio! — grita a MALA de repente, e ela soa um pouco mais humana e estressada que o normal. — Se houver mais diálogo desnecessário, vocês passarão o resto do tempo que têm amordaçados e acorrentados!

Capítulo 67

Wisty

Byron solta imediamente a mão suada dele da minha. Ou talvez minha mão esteja suada. Afinal, a morte está perto. Bem perto.

— MALA — Byron fala alto, saindo do canto escuro e indo para uma área mais iluminada do porão —, os condenados solicitaram usar um banheiro adequado. Pela última vez... antes da execução. Recusei o pedido, mas eles estão insistindo. O que devo fazer?

Já ouvi falar da última refeição, mas, como assim, o último xixi?

— Eles não podem sair do porão — responde MALA, mas juro que a ouço dar um suspiro. Será que uma máquina é capaz de suspirar? — Há um banheiro atrás da porta B12. Vou deixá-la aberta por cinco minutos.

— Sim, MALA. Acompanharei os prisioneiros para garantir que eles... — Byron para de falar quando uma porta na parede se abre com um "clique" — ... sejam complacentes.

Em seguida, Byron nos leva para uma sala do tamanho de uma cabine de telefone antiga.

— Rápido. Precisamos dar as mãos — ele diz.

— Mas ainda não fiz xixi! — Na verdade, preciso fazer xixi mesmo. Como você pode imaginar, não é legal se agachar num cantinho e fazer o serviço. Ainda mais sem papel higiênico.

— Não dá tempo. Precisamos usar nossa magia o mais rápido possível.

— E por que daria certo agora? — Whit pergunta. — Temos tentado usar nossa magia desde que chegamos aqui.

— Vocês viram o que aconteceu com a comida. Ainda não entendi tudo, mas tem alguma coisa no poder que foi transferido para mim por meio da Wisty, eu acho. — *Que ótimo! Eu transformo o cara numa fuinha e ele fica com o ego de um leão.* — Talvez seja como a evolução. Cada geração desenvolve novas características para lidar com as forças da natureza...

— Geração? Pelamordedeus, Byron, não é como se tivéssemos tido um filho...

— Fique quieta e me dê a mão, Wisty. Isso é sério.

E por falar em evolução... Byron Swain está nos salvando de novo? Ele mudou. Ele segura minha mão com força e sua mão é morna e confiante.

Byron se vira para o meu irmão:

— Whit, você acredita em mim?

— Odeio dizer isso, mas que escolha eu tenho? Claro, Byron. Faça o que puder.

— Vocês dois não têm nada a perder. E nem eu, vou morrer mesmo. Agora, rápido, procurem um feitiço. Alguma coisa sobre... água.

Whit abre o diário e folheia algumas páginas. Ele encontra um texto legal.

Embora se esconda na vazante e na corrente
Da maré pálida quando a lua se deitou

Que coisa mais estranha: o ar começa a machucar meus pulmões um pouco; fica seco demais ou algo do tipo...

No futuro próximo, saberá essa gente
Que o fio da minha rede não se arrebentou.

O rosto do Whit, não sei como descrever isso, ficou pontudo e os lábios dele ficaram enormes e...

E como você deu saltos incontáveis
Sobre os fios reluzentes de prata.

Byron pega o diário das mãos de Whit e fico de queixo caído. A pele do meu irmão ficou prateada e tem alguma coisa bizarra acontecendo com o pescoço dele. Será que agora ele tem... escamas? Byron termina o feitiço:

Suas ações são abomináveis
E culpam sua alma com palavras agridoce.

Estamos virando peixes! Mas para que se transformar em peixe no chão de um banheiro?

Será que confiei demais em Byron?

E por que ele ficou tão grande de repente?

Ouço um barulho de algo desentupindo e... nós dois estamos nas mãos abertas e enormes de Byron, olhando para o rosto gigante dele.

Pelo jeito, nos transformamos em peixinhos. Como podemos depender de Byron para achar um aquário para nós?

— Wisty — a voz de Byron parece um trovão em minha cabeça. — O que escrevi é verdade. Eu te amo. Sei que você acha que é a pior coisa que já ouviu. Mas não consigo me controlar. Você é tudo o que eu sempre quis ser. Engraçada, livre, forte. Esperta, rebelde. Não se importa com o que os outros pensam, a não ser a sua família. Você sabe o que é importante. Você é perfeita.

Eu adoraria dizer "Valeu, B.", mas estou secando aqui. Minha pele, minha boca, minhas brânquias... arde tudo!

— Agora você e o Whit seguem sozinhos — ele continua. — Sei que não vou sair daqui vivo. Não quando O Único descobrir o que fiz.

De repente, estamos nos afastando do rosto dele e indo em direção a um vaso sanitário branco.

— Adeus, Allgood — Byron diz. — Estou fazendo isso por amor!

Capítulo 68

Whit

PLOP!

Plop!

Que ótimo! Caímos de cabeça dentro da privada — e de uma privada bem nojenta.

Antes que Wisty e eu tenhamos tempo para dar um rolê em nossa "piscina", olho para a superfície da água e vejo Byron se preparando para dar a descarga.

Meu Deus, não! Esse traidor não vai...

Vai, sim. E, pensando bem, considerando o turbilhão que temos vivido ultimamente, ir embora com a descarga é uma questão de justiça poética. Ainda não sei se aquele maluco está mesmo salvando a nossa vida ou só se divertindo enquanto dá a descarga em seu antigo inimigo e na menina que o rejeitou tantas vezes.

Quando a água vem com tudo, nada mais importa. Depois do choque inicial, que me deixa quase inconsciente ao me fazer bater nas laterais do cano, saímos do prédio da escola num único empurrão escuro e assustador. A água é tão forte que nem consigo virar a cabeça para ver se Wisty está atrás de mim. Não sei se ela sobreviveu e isso me mata.

Fui campeão de natação na escola, então a sensação de ser um peixe não é tão estranha quanto eu poderia pensar. Mas isso aqui é tipo dar umas braçadas no mar no meio de um furacão, então, não, nunca treinei para isso. Ainda estou preocupado com Wisty... até me lembrar de que ela já viveu como um rato na sarjeta.

"Wisty, aguenta aí", penso. "Só não se esqueça de respirar."

Os canos estão ficando cada vez mais largos, o que não dá muito alívio, porque esses barulhos de cachoeira estão ficando cada vez mais altos e as coisas nojentas (não vou falar o que, porque é nojento demais) que estão vindo conosco pelo cano também estão aumentando cada vez mais. Só de pensar nisso, quase perco a respiração.

"Não se esqueça de respirar, Whit", falo para mim mesmo. O que é um conselho bom por que, quando respiro, percebo que meu olfato não é tão apurado quanto o de um ser humano.

Respiro ainda mais fundo e vejo Wisty. Acho que é ela e não outro lebiste fugindo da prisão pelo esgoto.

Nós nos olhamos, e eu penso "Vem comigo", esperando que a mensagem fique bem clara no meu olhar, de alguma maneira. Ainda bem que passamos tanto tempo da nossa vida nos entendendo sem precisar dizer nada.

Estamos indo cada vez mais rápido, parece um rio de corredeira, até finalmente chegarmos à água parada: um bueiro. Então, seguimos água abaixo num labirinto de canais subterrâneos mais calmos, sob a cidade.

De repente, Wisty e eu vimos uma coisa que não víamos há muito tempo: luz! Luz do dia de verdade! Encaramos a luz, chocados pela maneira como fica cada vez maior. Começamos a ver azuis, verdes e amarelos, e...

Por que a luz está aumentando tão rápido se não estamos nadando tanto assim? E o que é aquele barulho ensurdecedor?

"Nada para trás!", quero gritar. Mas não consigo. Sou um peixe.

E é tarde demais.

Capítulo 69

Whit

Sabe aqueles pesadelos em que você está caindo, não tem quem o ajude e, então, você acorda de supetão? É tipo isso aqui, mas não completamente.

Porque não tem fim.

Não consigo me controlar. Não tem ninguém para me ajudar. Nem tento enxergar a Wisty nessa corrente poderosa, um turbilhão indo lá para baixo. Só sei que estou preso num redemoinho, acompanhado apenas de um pânico inútil.

Mais rápido, mais alto, mais rápido, mais alto e, então... PÁ!

E então... hã?

Meu cérebro de lebiste parece que se descolou do meu pequeno crânio de peixe. Acho que fui de zero a cem em menos de dois segundos.

E então tudo fica calmo.

Calmo... e ensolarado?

Estou do lado de fora?

E inteiro? Acho que sim.

E por que não estou surpreso que a Nova Ordem, que não está nem aí para o meio ambiente, tem um sistema de esgoto que vai direto para o rio sem nenhum filtro nem estação de tratamento, que poderia triturar dois lebistes inocentes e transformá-los em adubo?

Pela primeira vez e, espero, última, fico feliz com a total falta de moral e civilidade desses caras.

Estou numa curva mansinha do rio e, apesar do esgoto que a Nova Ordem tem despejado ali, ainda é lindo.

Vitórias-régias e suas flores brancas boiam. Caramujos deslizam pelas pedras na margem sem preocupação nenhuma no mundo, e uma tartaruga listrada escorrega de um tronco e passa por mim como um disco voador de perninhas atarracadas.

De repente, percebo que estou vendo tudo isso com olhos que não estão dentro da água. Estou boiando...

Como um peixe morto ou um ser humano vivo?

Fico de pé e me dou conta de que estou vivo e humano de novo. O rio deve ter quase um metro de profundidade. O feitiço deve ter acabado. Meio que rezo em voz baixa para meus pais, que sinto que devem estar em algum lugar, tomando conta de nós. E então agradeço pelo feitiço não ter sumido com o meu macacão encharcado do Centro Admirável Mundo Novo.

Olho ao redor, procuro pela Wisty. Graças a Deus, lá está ela! Ela está tentando escalar a margem do rio. Pelo jeito, ainda está meio tonta, mas seus olhos brilham quando me vê.

— Whit! Não foi... não foi a viagem mais animal do mundo?

Capítulo 70

Whit

ACHO QUE VOCÊ NÃO vai ficar surpreso ao saber que, antigamente, eu não era apenas um atleta, mas também escoteiro. Por isso eu sei que, geralmente, quando nos perdemos no meio do mato, a primeira coisa a fazer é procurar abrigo.

Mas, numa noite perfeita como essa, nem estamos nos preocupando muito com isso. Já andamos vários quilômetros para o oeste, tentando voltar para a Terra Livre, e, apesar de estar esfriando um pouco, vamos dormir sob as estrelas.

O sol já se deitou no horizonte e está ficando bem escuro. De agora em diante, vamos ter de tatear para encontrar o caminho.

— Você trouxe uma lanterna? — pergunto para a minha irmã, brincando. — Poderíamos usá-la para procurar dois pauzinhos. Daí, é só esfregar os dois e... — De repente, os gravetos à minha frente estão brilhando com uma luz laranja.

Eu me viro para olhar para a Wisty. E, ali no chão, com minha irmã sentada de pernas cruzadas em frente a ela, está a fogueira mais perfeita que já vi, completa, com um círculo de pedras ao redor e uma pilha de lenha por perto.

— O fogo pegou bem. — Olho para as chamas de 1,80 metro de altura, quase tocando os galhos das árvores.

— Deixe comigo — Wisty diz e, como se estivesse mexendo num fogão, ela abaixa as chamas para uns sessenta centímetros.

— E sem a sua baqueta! Estou impressionado.

— Bom, eu sempre me dei melhor fora da escola — ela diz. O rosto, antes pálido, da minha irmã agora está rosado e vivo. Parece que ela acabou de voltar dos mortos. — Sei que é besta falar isso, mas é tão bom poder usar meu poder sem levar porrada. Acho que nem percebi como o peso era grande até me livrar dele.

— Sei o que você quer dizer. Sinto isso também. — E é verdade. Mesmo sem me concentrar muito, consigo fazer aparecer três salsichas na ponta de três espetos de bambu. É quase como se existisse uma reserva de energia e potência de todo o tempo em que não usei meus poderes.

— Demais! — Wisty diz ao pegar uma salsicha. — Talvez você tenha *mesmo* aprendido alguma coisa no Centro AMN.

— Não dou crédito nenhum a eles, a não ser pela minha paixão por ervilha... — Brinco. — O que, na verdade, é uma ótima habilidade em tempos de vacas magras. Você se lembra de como o papai e a mamãe eram os imperadores das férias econômicas? Passávamos mais tempo do lado de fora que dentro de algum lugar.

Wisty faz que sim com a cabeça e começamos nosso churrasquinho.

— Lembra uma vez, quando estava chovendo muito, e o papai escorregou na trilha, caiu dentro do pântano e encheu de lama toda a comida que estava na mochila? — Ela ri.

— Aham. Foi uma grande caminhada de volta à civilização para o jantar — respondo e me lembro de outra coisa que aconteceu naquele dia. — Estranho...

— O quê?

— Nunca falei sobre isso porque, na época, não achei que tinha sentido. Eu ouvi o papai dizer uma coisa para a mamãe tipo "Poderíamos resolver isso do jeito mais fácil, Liz". E, então, a mamãe disse: "Nós prometemos nunca escolher o jeito mais fácil. Principalmente com as crianças. Elas precisam aprender do jeito mais difícil".

Wisty fica pensando.

— Você acha que eles estavam falando de magia? Ou seja lá o que for que estamos fazendo, como diria O Único, "percebendo nosso potencial"?

— Acho que eles não queriam que dependêssemos da magia para conseguir o que queríamos. Deve ter sido por isso que não ensinaram nada para nós. Eles queriam que...

— Aprendêssemos a fazer tudo do jeito mais difícil? Para podermos entender como o resto do mundo é obrigado a viver?

Faço que sim com a cabeça.

— Pode ser.

— Bom, pai e mãe, onde quer que vocês estejam... — Wisty olha para o céu. — Estamos aprendendo tudo do jeito mais difícil. Difícil mesmo. Espero que estejam felizes. Espero isso de verdade.

Capítulo 71

— VOU PERGUNTAR MAIS uma vez, caso alguém esteja realmente escutando: será que eu tenho de fazer tudo por aqui? — Exige saber O Único Que É O Único.

O Único Que Calcula a Receita Interna, pai de Byron Swain, está atrás dele e faz que não com a cabeça, desolado.

Os Únicos de Tecnologia Pedagógica, Instalações e Disciplina estão olhando para as placas de circuito despedaçadas, que antes continham a MALA, o sistema do Centro Admirável Novo Mundo. Todos os três estão tremendo sob o olhar de ira do Único.

— Vossa Eminência, nos parece que eles escaparam pelo vaso sanitário porque Byron Swain...

— Pela última vez, e garanto a vocês que esta é realmente a última, os cidadãos não devem ser tratados por nomes da Antiga Ordem! Isso pode levar a tendências individualistas traiçoeiras. O nome dele é O Único Que Se Infiltra Na Liderança da Resistência! E a punição dele não vai ser nada menos que a tortura, isso eu também garanto.

O Único sorri para o pai de Byron Swain e espera sua reação. O homem não demonstra nem um pingo de desconforto.

— O fato de não haver filtros nos vasos sanitários, o fato de os filtros para o esgoto não serem utilizados, e o fato de esse seu programa de computador imbecil decidir conceder um pedido aos dois dinacompetentes mais poderosos sob nossa custódia são apenas o começo de onde a falha real está!

— Já estamos corrigindo esses problemas.

— Não será necessário. Os que são competentes o bastante para empunhar a insígnia da Nova Ordem tomarão conta disso. E vocês, incompetentes, ficarão sem a insígnia. Ou melhor — ele dá uma risadinha —, a insígnia ficará sem vocês.

E, com isso, ele lança os braços para o lado e vaporiza os três administradores do Centro AMN e tudo mais, a não ser a insígnia N.O. em seus uniformes.

— Alguém pegue essas insígnias! — Ele ordena, apertando o botão do comunicador sobre a mesa. — E mande entrar o Informante.

Byron Swain é escoltado até a sala. Apesar de seu cabelo não estar arrumadinho como antes, e de seus olhos estarem inchados de cansaço, ele entra de cabeça erguida.

— Vossa Eminência — Byron diz, olhando O Único nos olhos.

O Único ergue sua bengala ameaçadoramente.

— Quem se atreve a falar comigo antes que eu fale?

— Eu me atrevo, senhor — Byron continua, com seu olhar firme. — Sei que falhei, senhor. E fui um traidor dessa Grande Ordem. Aceito completamente minha punição. Estou pronto.

O Único faz uma pausa e então estuda Byron.

— Mas quanta coragem! Eu não esperaria isso do filho... — e ele aponta para o ministro da receita interna — ... daquele ali.

— Nem eu, senhor — Byron diz sem perder a pose, fazendo O Único rir. Não vai haver uma surra sem misericórdia do pai dele depois da execução, então, Byron toma coragem para falar a verdade pelo menos uma vez na vida.

O Único está se divertindo.

— Estou gostando de ver, menino, gostando mesmo. Estou tão triste por meus sonhos para você terem sido... adiados.

— Adiados? Senhor? — Esperando nada menos que a morte, Byron não consegue entender o que está rolando.

— Sei muito bem de suas... inclinações em relação à nossa bruxa ruiva fugitiva. Mas, como ela o rejeita, você não deseja nada além da morte. Morrer como o herói que salvou a vida dela. Tão trágico! Coisa de teatro dramático. Ainda bem que proibimos esse tipo de disparate.

Byron começa a ficar nervoso.

— Não desejo nada mais além de ser executado por sentir vergonha de tê-lo traído, senhor.

— Mentiroso! — O Único grita com voz de trovão, literalmente, pois o prédio inteiro treme. — Sua punição o matará e, preciso admitir, de maneira bem dolorosa, ou irá transformá-lo no tipo de homem de que precisamos para as posições de alto escalão nessa Ordem.

— Senhor? — Byron diz de novo, a garganta seca, assim como seu poço de coragem, que tinha demorado dias para encher.

— Você está oficialmente encarregado do Esquadrão da Morte para retificar essa situação de uma vez por todas.

Byron engole em seco.

— O Esquadrão da Morte, Vossa Eminência?

— Em nossas tentativas para apreender e controlar A Única Que Tem O Dom, já gastamos tempo e recursos valiosos demais...

— Exatamente três ponto sete milhões! — Interrompe O Único Que Calcula A Receita Interna.

— Mas que desperdício! — berra O Único. — Claramente, minha busca tem sido um desperdício. E então decidi que, se não podemos arrancar o Dom da menina, vamos acabar com a ameaça que ela representa. Em outras palavras, vamos matá-la. Ou melhor, você vai matá-la.

— Senhor? — Byron diz mais uma vez.

— Você começou tão bem, menino. Você me impressionou, mesmo que por apenas um instante. Por outro lado, como tantos outros plebeus, caiu na tentação, em nada menos que atração física adolescente. Que desperdício! Espero que você volte a ter bom senso. Bem, de qualquer forma, você vai matar a garota. Seu esquadrão vai matar a menina. Ou você vai trazê-la viva e, então, eu a matarei, de maneira bem lenta e dolorosa, em frente ao seus olhos imbecis de cachorro que caiu da mudança!

LIVRO TRÊS

O FIM DOS ALLGOOD

Capítulo 72

Wisty

WHIT E EU ESTAMOS nos arrastando há vários quilômetros debaixo de garoa. Cada árvore ao longo da estrada tem um cartaz nosso. São fotos nossas recentes e estamos vestidos com os macacões superfashion do Centro Admirável Mundo Novo:

PROCURADOS por **TRAIÇÃO.**
PERFÍDIA. TRAPAÇA.
MAGIA. FEITIÇOS e por
POLUÍREM o **MEIO AMBIENTE**
com sua **INFLUÊNCIA PERNICIOSA.**

— Meu Deus, o que uma garota tem de fazer para ficar famosa! — comento, resignada. — É tão injusto! Pelo menos minha foto de bandida é melhor que a do anuário da escola.

— Com essa cabeça raspada? Hum... Não sei não, Wisty.

— Vou virar tendência. Isso aqui, mano, é estilo "Resistência Chique". Com certeza vai pegar.

Whit dá uma risadinha. Não espero que ele me entenda, pois ele gosta de meninas cheias de curvas e cabelos de princesa. Com minha pele pálida tom de prisão — dois tons mais claros que o normal branco-parede-cheio-de-sardas —, minha cabeça raspada e esse macacão folgado e sujo, sou exatamente o oposto do tipo de menina de que ele gosta.

Mas talvez Emmet goste. Aposto que ele gostaria. Estou com muita saudade dele e de todo mundo da Terra Livre.

— Falta muito? — Brinco enquanto seguimos nosso caminho por uma mata paralela à estrada na divisa de uma pequena cidade. Ouço uma torcida lá longe.

— Ainda faltam alguns quilômetros. A fronteira da Terra Livre está retrocedendo cada vez mais — Whit explica. — Será que está rolando algum discurso da Nova Ordem ou da Resistência? Aqui por estes cantos, é difícil dizer.

— Vamos ver qual é?

— Vamos — ele diz. — Mas com cuidado.

Saímos da estrada e viramos numa rua que leva à cidade. Depois de alguns quarteirões, vemos a multidão, que pipoca num parque que fica em frente a um grande prédio de pedra. Não conseguimos ouvir direito o que estão cantando.

— São todos adultos. Está na cara que não é a Resistência — Whit observa. — Não podemos nos aproximar sem que notem nossa presença. Somos os adolescentes procurados da semana.

— Bom, então — fico pensando —, talvez não devamos mais ser adolescentes.

Whit dá um assobio quando percebe o que quero dizer.

— Você acha que consegue?

— Juntos, conseguimos — afirmo e pego a mão dele. — Eu é que não vou ficar velha sozinha.

Eu me lembro do pedacinho de um poema que o papai lia para nós, e faço com que Whit o recite comigo:

> "Quando eu era jovem! Ah, Quando desgraçado!
> Ah, para a Mudança entre o agora e o passado!"

E então... acontece a transformação mais estranha que tive até hoje. Geralmente, transformamos rápido e sem maiores problemas, como se eu fosse macia e moldável feito massa para biscoito sendo apertada por uns dedos bem poderosos. Mas, dessa vez, o processo é lento e... doloroso. E faz o maior barulho. É como se minha coluna estivesse sendo empurrada para baixo e o resto do meu corpo dói até a sola dos pés.

Whit resmunga e, como eu, não está nada animado com o corpo novo.

— Não me diga que anos praticando esportes vão acabar comigo quando eu for velho — ele geme. — Minhas costas estão me matando. E meus joelhos também. Ai, ai, ai!

Tento respirar fundo e não é a mesma coisa.

— Meus pulmões estão tão estranhos... menores. Amassados, sei lá. — De repente, a encheção da minha mãe para eu corrigir a postura começa a fazer sentido.

A sensação estranha de alguma coisa fazendo cosquinha no meu pescoço me faz dar um pulo, e eu dou um tapão no que deveria ser uma aranha, mas, na verdade, é... cabelo! Arranco um fio grosso e o coloco sobre a palma da minha mão cheia de veias. É mais branco que gesso!

— Adeus, Resistência Chique! — Cantarolo, meio triste.

— Bom, pelo menos você não tem de se preocupar: seu cabelo vai crescer de novo — Whit comenta.

— Mas pelo jeito *você* tem — respondo, encarando a cabeça de ovo dele.

— Ou vou precisar raspar a cabeça como você — meu irmão cabeça de ovo apalpa a careca brilhante e o resto de cabelo nas laterais com a mão ossuda e cheia de manchas.

— Recomendo depilação à cera! — Brinco. Whit responde com uma risadinha, que se transforma numa expressão de medo.

— Wisty, se você não conseguir nos destransformar, juro que mato você.

— Relaxa. Sempre conseguimos reverter os feitiços, né? Nem sempre no momento mais conveniente, é claro, mas eles não duram para sempre.

Pelo menos eu espero que não.

Capítulo 73

Whit

WISTY E EU ESTAMOS perto o bastante para ouvir o que esses cidadãos estão gritando. Claro que não é coisa boa.

— Livros são caos! Queremos ordem! Livros são caos!

Nós nos enfiamos (mancando) na multidão e aos poucos chegamos a um ponto de onde podemos ver o que está rolando.

— Livros são caos! Queremos ordem! Livros são caos!

Quem são essas pessoas tão convencidas de que os livros levam apenas ao caos, ao medo e ao mal?

O mais assustador é que aparentam ser normais. E acho que são normais. Pelo menos na cabeça deles. Provavelmente, acordam, tomam café, dão comida para as crianças e um abraço na família. Vejo um casal com uma criancinha nos ombros; mais adiante, vejo outro casal com um bebê no canguru.

Mas tem algo diferente e assustador neles. Falta algo em seus olhos. Estão vivos, estão vivendo, mas não têm muita vontade de viver, nem paixão de verdade no olhar.

O prédio imponente de pedra atrás do parque tem uma escada que leva até a entrada emoldurada por colunas e guardada por um leão de pedra de cada lado. A inscrição acima das portas enormes foi apagada, mas está na cara que devia ser a biblioteca municipal. A julgar pela pilha de livros ali na frente, mais alta que um poste, deve estar vazia o bastante para abrigar um jogo de futebol ou um show de rock.

E está sendo encharcada de querosene por um monte de oficiais de coturno da Nova Ordem! Um cara barrigudo no topo da escadaria está falando num megafone e segurando uma tocha acima da cabeça.

Não sei o que rola com a Nova Ordem e a política deles de contratar os piores adultos que conseguem encontrar, mas com certeza eles não correm o risco de ficar sem pessoal. Pense no vice-diretor mais mala que você já conheceu, junte à tendência de latir como um pastor-alemão e talvez você comece a entender como é esse cara da N.O.

— Em nome do Único Que É O Único! — ele berra. A multidão vai à loucura com essa palhaçada. — Em reparação a todos que se perderam para todo o sempre viajando na imaginação! Perdidos no desejo obsceno de sonhar... e no desejo do conhecimento pelo conhecimento!

Meus ouvidos de terceira idade estão prontos para estourar com o barulho da multidão e sou obrigado a colocar um protetor neles.

— Como punição contra aqueles que desperdiçaram seu compromisso com a Ordem e a Sociedade ao cederem ao desperdício, à ineficiência e à falta de produtividade que esses volumes amaldiçoados produzem!

Wisty não se controla e me olha com cara de nojo.

— E como um aviso a todos os impostores que hoje se encontram aqui — juro que ele diz isso olhando diretamente para nós —, aos fingidores que não acreditam realmente em tudo o que a Ordem tem feito para nos transformar e oferecer estabilidade para o nosso futuro, vocês devem queimar, também. Nós vamos encontrar vocês e vocês vão queimar!

O barulho da multidão é ensurdecedor.

— Queima! Queima! Queima! — eles entoam. Um dos meus tímpanos meio mortos desentope.

Wisty tenta consertar a pisada de bola e canta com eles:

— Queima! Queima! Queima! Queima essas porcarias de livros!

Rezo em silêncio para que minha irmã não pegue fogo acidentalmente.

— Vamos começar o ritual para limpar nossa cidade, nossa vida, desses germes e aberrações. Vamos fazer uma contagem regressiva começando do cinco e, então, estaremos livres disso tudo! Cinco!

A multidão entra na brincadeira.

— *Quatro! Três! Dois!* — O chão treme com todo mundo batendo os pés ao mesmo tempo. — *Um!*

E a tocha voa em direção à pilha de livros encharcados de querosene, milhares deles, muitos dos quais reconheço pelas capas.

Fico tenso e mando toda a minha energia e concentração para a tocha. Dá mais trabalho do que eu pensava. E, então, a tocha para no ar, flutua e volta direto para o oficial com barriga de chope. Para a minha alegria total, o cabelo dele pega fogo.

O silêncio cai sobre a multidão, mas ainda não acabamos. Vejo Wisty encarando a pilha de livros. Ela fecha os olhos e sussurra alguma coisa. Ouço só um pedacinho, "beija a alegria enquanto ela voa", e as páginas dos livros começam a se mexer para cima e para baixo. Quase como se estivessem respirando... vivas.

As capas começam a bater... como asas.

Eles estão voando! Os livros estão voando!

Voam em direção ao céu com um farfalhar glorioso, como milhares de pássaros cantando cheios de vida e energia. Formam um “V”, como os cisnes e gansos, mas nessa revoada há milhões de livros-pássaros. Os prisioneiros fugitivos — que escaparam por pouco da execução — começam a voar em direção ao sol que se põe, para o oeste. Como nós.

— Eles são uma espécie protegida na Terra Livre — Wisty diz.

Capítulo 74

Silhuetas voadoras emergem da cidade à frente de Byron Swain e, por um momento, projetam uma sombra sobre ele e sua equipe de assassinos da N.O. Se bem que os chamar de "equipe" é gentileza demais, ou pelo menos desnecessário.

Com certeza sofreram uma lavagem cerebral para matar a pessoa cujo cheiro sentiram na baqueta quebrada que estava em suas gaiolas. Com certeza eram poderosos e rápidos. Tinham dentes projetados para rasgar carne crua e suas unhas compridas rasgavam como garras.

Eram apenas adolescentes. Quer dizer, tinham sido humanos um dia. Byron não sabe ao certo o que são agora, mas tem certeza de uma coisa: de que são os melhores matadores de adolescentes.

Qualquer um deles poderia, também, acabar com um adulto num único pulo. Mandar um bando deles para cima de uma vítima não teria fundamento e O Único sabe disso. "É como se ele quisesse que a Wisty fosse levada de volta no maior número de pedaços possível", Byron pensa, amargurado.

Seus soldados selvagens estão sempre com fome e são facilmente distraídos por qualquer coisa que se mexa — ou seja, comida em potencial. Então, quando o estranho bando de pássaros quadrados passa em direção ao horizonte, essas pequenas aberrações da natureza saem correndo.

— Mas o...? — Byron tenta descobrir o que é aquela nuvem enorme que se forma sobre a cidade.

Mas não são pássaros, são... livros? Livros batendo as asas?

Só há uma explicação para aquela visão chocante. O Único tem o poder para fazer aquilo, mas jamais libertaria uma biblioteca inteira.

Só Wisteria Allgood poderia fazê-lo. E, aliás, faria questão disso.

— Eles estão por perto... — ele diz baixinho. Primeiro, seu coração pula de alegria. Ele pode salvá-la e é isso que deve fazer.

E, então, seu coração se aperta de novo. Não tem sentido salvar Wisty.

— Eles estão por perto! — ele berra para sua equipe, apontando em direção às "aves" no céu. — Encontrem-na!

Não há esperança para ele nem para esse mundo, Byron sabe. Na verdade, ele sabe de muitas coisas que o restante dos inocentes da Terra Livre nem imaginam. Por isso ele vai levar seu plano à frente. Byron Swain e

Wisteria Allgood morrerão, juntos, nas mãos e nos dentes de seus soldados ferozes.

Byron fica um pouco mais para trás que o de costume. Os jovens assassinos provavelmente não têm inteligência nem experiência o bastante para perceber, mas ele não quer que o vejam chorando.

É só isso... o coração dele dói tanto.

Capítulo 75

Whit

Uma coisa que Wisty e eu aprendemos sobre parecer e se sentir velho é que não é apenas inconveniente, mas também muito problemático para fugitivos como nós.

— O que está rolando? Parece que vou ter um ataque cardíaco só de subir este morro! — Quase perco o fôlego quando estamos a alguns quilômetros da cidade onde libertamos os livros. — Não me diga que vou estar tão fora de forma aos 65 anos. Quando é que esse feitiço vai passar?

— Você já está falando como um velho caquético, Whit. Se não sairmos desta, podemos tentar um outro feiti... — Wisty fica muda ao ouvir o guincho mais assustador do mundo. Estou falando de um guincho mesmo. Um gemido agudo e frenético de algo que consigo descrever apenas como prazer assassino.

E olha que ainda nem começaram a parte do assassinato, me viro e vejo um enxame de silhuetas corcundas vindo atrás de nós a uma velocidade incrível. É ridículo que, mesmo com todos os milhões de dólares gastos para criar carros esportivos, ainda não se conseguiu copiar o projeto da natureza para o torque insano de animais famintos indo atrás da presa.

— Corre! — Pego o braço de Wisty e saímos correndo, se é que podemos chamar isso de correr.

Sabe, correr não é a mesma coisa quando se está na terceira idade. "Não tem como corrermos mais rápido que essas coisas?", penso. "Parecem cachorros de corrida dos infernos!"

— Ai, meu Deus, Whit! — Wisty perde o fôlego ao perceber que nossa magia, que nos salvou na última cidade, pode acabar sendo nossa morte.

As criaturas horrendas soltam um uivo coletivo de dar medo e sinto um arrepio percorrer a espinha. Arrasto Wisty comigo até um viaduto e saímos da estrada, ficando fora de vista, mas eu sei que as criaturas vão sentir nosso cheiro a qualquer momento.

— Beleza, Wisty, tenho uma ideia. — Na verdade, não tenho, não. Mas preciso fazer alguma coisa dessa vez. Minha irmã está assustada demais para se concentrar em seus poderes.

Dou uma olhada ao redor do viaduto e vejo que os humanos com formato esquisito — babuínos? — ainda estão a uns 250 metros. Também vejo uma figura deslizando atrás deles, a bordo de um daqueles patinetes elétricos de duas rodas. Reconheço a postura dura e cheia de pompa imediatamente, mesmo a distância.

— Byron!

— O quê? — Wisty não consegue acreditar. — Você está de brincadeira comigo!

— Ele está por trás disso! — digo, com ódio.

— Whit, você não tem certeza. Da última vez, ele nos salvou!

— Correção: da última vez, ele deu descarga em nós!

— Mas talvez ele possa nos ajudar...

— Wisty, não temos tempo para adivinhar, tá?

Os uivos estão desconfortavelmente próximos. Aperto Wisty contra a parede do viaduto, para ficarmos fora do campo de visão daqueles animais.

— Escute aqui! Vamos nos transformar em pássaros. É nossa única chance. Não consigo fazer isso sozinho, mas provavelmente conseguiremos jun...

Foi isso que consegui falar para minha irmã antes de a parede desabar. Wisty e eu estamos debaixo dos destroços e tudo fica escuro.

Capítulo 76

Whit

NUNCA, NOS DIAS DE luta sem-fim na Superfície, Wisty e eu caímos sem querer num portal. Quer dizer, geralmente eles aparecem e depois somem, e, quando você entra, a sensação é de estar sendo sugado por um furacão. Nunca sabemos onde vamos parar.

Mas, dessa vez, sei exatamente onde estamos no segundo em que chegamos lá. Sei por causa do frio. É como se ele estivesse vindo de meus próprios ossos. Na Terra das Sombras, você sente o frio dentro de si mesmo antes de senti-lo na pele. Esse é apenas um dos muitos charmes desse lugar.

Percebo, também, que voltamos ao nosso corpo de adolescente. Talvez seja difícil um feitiço durar ao passar para outra dimensão?

Nessa dimensão, vemos tudo cinza, sentimos o chão duro como vidro e ouvimos nossa própria respiração.

— Meu Deus, estou com taaaanto frio — Wisty diz quando percebe onde estamos. — Isso aqui me lembra o corredor da morte no globo de neve do Único, no AMN.

— É melhor que sermos esquartejados pelos Perdidos! — Olho ao redor em busca de um sinal daquelas criaturas terríveis.

— Ah, mas você não me engana nem por um minuto, Whitford Allgood! — Wisty diz. — Você está feliz por estar aqui.

Lá vai ela ler meus pensamentos de novo. E, sim, se você está se perguntando, eu já estou pensando na Célia e se ela está por perto. Não. Na verdade, não estou pensando nela... estou sentindo a presença dela.

Ela está por perto. Tem um perfume que me dá uma sensação estranho e uma força magnética que começa em algum lugar do meu plexo solar, também conhecido como umbigo. Começo a respirar mais rápido e dou alguns passos na direção para onde sinto que ela está me atraindo.

— Você jura que não nos fez vir parar aqui, Whit? — Wisty pergunta. — Fale a verdade.

Não respondo por que, bem na hora, ouço uma voz. A voz com a qual sonho noite e dia. Não são palavras específicas, mas a voz tem um ritmo, uma música flutuando pela névoa como sons de harpas e sinos ao vento.

— Célia? — eu a chamo, me virando em todas as direções. Consigo encontrar o caminho. Sei que vou chegar até ela se andar rápido e seguir meus instintos...

Mas como a Terra das Sombras é tipo um terreno baldio, frio e cinza, também não tem muitos pontos de referência úteis. Depois de apenas alguns passos na direção do som, uma mão aperta meu braço com força o bastante para triturar o osso. Eu me viro, pronto para lutar contra um Perdido até a morte, se é que isso é possível.

— Whitford Allgood! — É Wisty, com os olhos arregalados. — Você estava prestes a sair correndo sem mim! Mas no que você está pensando?

— Estou pensando que Célia pode nos ajudar. Ela nos ajudou antes. — Foi na primeira vez que fugimos da prisão, faz um tempão. Mas Wisty só vira os olhos e me olha com cara de mãe irritada.

— Whit, dá para pensar em nós por um minuto e se esquecer da sua namorada morta? — Não muito tempo atrás, eu teria gritado com ela por fazer esse comentário. — E, tipo, como é que vamos sair daqui sem virarmos Perdidos também?

E, bem naquele momento, como se estivesse colocando um ponto de exclamação na frase dela, ouvimos algo terrível vindo do meio da névoa. Algo diferente daquela gemeção ridícula dos Perdidos. Dessa vez, é o som inconfundível de fome assassina. São os animais capangas do Byron!

— Eles são Curvas? — Wisty berra.

— E acharam o nosso portal!

Capítulo 77

Whit

Sair correndo pela terra das sombras é como esquiar morro abaixo de olhos fechados. Terror puro. Tá, nossos perseguidores famintos e incansáveis também podem se ferrar, pois é muito fácil se perder nessa paisagem vazia. Mas o nariz poderoso dessas criaturas nos assusta e funciona até no meio da neblina. O que significa que...

Minha irmã e eu estamos prestes a ser rasgados ao meio e devorados no chão gelado da Terra das Sombras.

Um gemido vem do meio da névoa, um passo à nossa frente. Por um segundo, fico confuso e acho que acabamos entrando num círculo e que as criaturas estranhas estão lá na frente prontas para saltar para cima de nós e nos devorar.

Mas estou errado.

— Perdidos! — Wisty grita.

E lá estão eles: suas sombras maltrapilhas, a luz brilhante das fendas que têm no lugar dos olhos. E há tantos deles, dúzias de monstros vindo para cima de nós.

— Por aqui! — grito para Wisty. — Assim que virmos o amarelo dos olhos deles, fazemos uma curva para a esquerda; uma curva fechada.

— Só espero que esse caminho não nos leve de volta para a boca dos outros assassinos!

— Eu também! Esquerda e, depois, direita. Fique atrás de mim!

Os Perdidos estão se erguendo e se espalham à medida que nos aproximamos. Mas não estamos perto deles o suficiente.

— Ainda não, ainda não, ainda não! — digo para Wisty e me preparo para o frio deles. Quinze metros, dez metros, cinco metros e... aí vem ele! O frio nos atinge como uma tonelada de gelo.

— Agora! — grito e viro à esquerda, ainda segurando a mão de Wisty. Ela tem de acompanhar o meu ritmo. Um, dois, três, quatro, cinco, seis, sete. — De volta para a direita!

Atrás de nós, os gemidos encontram os uivos. Parece uma batalha real entre todas as múmias e os lobisomens do mundo.

— Deu certo! — Comemoro. — Até aqui, pelo menos. Fique de olho neles, olhe para todos os lugares!

Então, mais coisas acontecem nos cinco segundos seguintes do que em qualquer outro momento da minha vida, ou provavelmente da vida de qualquer um. Ouvimos Byron gritar:

— Segure as suas criaturas, sua idiota!

— Mande, você, as suas pararem! — responde uma voz de menina, que faz meu coração bater com tudo e congelar na próxima batida.

— Tem um portal! — Wisty berra, apontando para o turbilhão de névoa à frente.

— Era a voz de Célia! — Perco a respiração e breco com tudo.

— Não se atreva! — minha irmã ruge para mim.

Apesar de eu pesar quarenta quilos a mais que ela, ter muito mais músculos e experiência em esportes, minha irmã caçula me acerta com uma voadora, que me derruba e me leva direto através do portal.

Tá... não é tão simples assim. Nunca é.

Capítulo 78

Whit

Não sei onde estou exatamente, mas também não estou muito preocupado. Estou com a Célia e é o que importa nesse momento.

— Tive um sonho tão estranho com você... — conto para ela. — Eu estava fugindo de um monte de Perdidos...

— Temos pouco tempo juntos — Célia me interrompe. — Não vamos desperdiçá-lo.

Ela encosta a cabeça no meu peito. Sei que consegue ouvir meu coração batendo. Eu estava com tanta saudade dela! A única coisa estranha é que, por alguma razão, ela está usando perfume demais. Quer dizer, amo o cheiro dela, mas está tão forte que meu nariz não para de coçar e meus olhos estão ardendo.

— Eu te amo — sussurro, nervoso. — Senti tanto a sua falta.

— Temos pouco tempo juntos — ela diz. — Não vamos desperdiçá-lo.

Mas ela não acabou de dizer isso? Ah, e daí? Nós nos abraçamos e parece que estamos virando uma pessoa só de novo. Adoro isso, é incrível. A presença dela e a minha se juntam como duas nuvens se unindo num céu ensolarado.

— Você já se sentiu tão bem assim na vida? — pergunto. — Eu não.

— Temos pouco juntos — ela diz. — Não vamos desperdiçá-lo.

Mas o que é isso? Ei, espera aí, isso é um sonho? Ah, não, tem alguma coisa errada com o rosto dela! Será que é... meu Deus... ah, não!

Capítulo 79

Wisty

Um barulho ensurdecedor me desperta de meu sono quase mortal. Acordo de supetão, estou pegando fogo discretamente. *Onde estou? Lá fora... esse lugar me parece vagamente familiar...*

À luz das estrelas, tropeço na escuridão e quase não consigo pegar no corrimão. Ah, tá! Beleza. Estou no parapeito de uma fábrica abandonada que encontramos depois que o portal nos cuspiu nas fronteiras cheias de lixo da Terra Livre. Eu deveria ficar de vigília por três horas enquanto o coitado do Whit descansa um pouco. Lá embaixo está rolando uma briga. Gemidos? Grunhidos? Ah, não, preciso ir buscar o Whit! Mas, antes que eu consiga chegar à porta, ele vem correndo por ela.

— Byron e os bichinhos dele — ele diz, sem fôlego. — Eles devem ter passado pelo portal também. Vão seguir nosso cheiro até aqui. Tem outro jeito de descer?

Faço que não com a cabeça.

— Então, vamos ser obrigados a usar nossa magia ou lutar...

— Não vai ter luta nenhuma. — Ouço Byron Swain declarar, todo arrogante, ao entrar pela porta como quem não quer nada e fechá-la atrás dele. Como sempre, ele aparece no momento certo.

Ouvimos o barulho de corpos subindo as escadas rapidamente e batendo com tudo contra a porta. Byron tem um Afinador de Comando e entoa várias notas estranhas que parecem acalmar os monstros. Mas isso não impede o Whit de encostar Byron na parede.

— Não vamos a lugar algum sem uma boa briga, Swain! — meu irmão diz por entre os dentes. — Em alguns momentos, no AMN, cheguei a acreditar que você estava tentando nos ajudar. A descarga na privada? Aquilo poderia ter dado errado. E, então, você aparece com um bando de macacos malucos? Você não está interessado em nos salvar. Quer é salvar a própria pele.

— Estou muito triste por causa disso — Byron diz olhando para mim. Parece que ele está segurando as lágrimas! — Para falar a verdade, você está parcialmente correto. Meu Esquadrão da Morte — ele aponta com a cabeça para os monstros atrás da porta — estava programado para ser o instrumento de minha própria morte, assim como a de vocês. — Ele dá um suspiro profundo, como se o peso daquela revelação fosse demais para aguentar.

O mais estranho é que começo a sentir isso também. Normalmente, eu estaria pronta para pegar fogo depois de ficar sabendo do planinho assassino dele. Mas, agora, esse fardo que ele carrega e essa tristeza toda e os... bom, os sentimentos dele por mim, seja lá o que isso signifique... me atingem como um soco no estômago e fico sem ar. Em vez de ficar assustada e com raiva, sinto pena dele.

— O único que vai morrer aqui é você! — Whit diz cuspindo.

— Cale a boca, Whit! — Exclamo e me viro para o fuinha. — B., você está me olhando nos olhos e dizendo que planejou que esta noite acabasse com um massacre assassino-suicida? Você é tão louco assim? Eu tinha começado a acreditar em você lá no AMN... — Confesso.

Vejo uma pontinha de esperança nos olhos de Byron, mas ela se apaga rapidamente.

— Louco? Não sei, Wisty. Não sei mais o que eu sou. Você se lembra de quando eu disse que ninguém exposto ao mal do Único consegue permanecer o mesmo? Vi coisas nele e fiquei sabendo de coisas sobre ele, e sobre as vítimas dele, que me deixaram assim. Não posso pedir desculpas. E... posso afirmar que é melhor morrer agora do que ser forçado a ficar com ele. É isso o que ele quer e ele vai conseguir.

Beleza. Agora ele chamou a minha atenção e a do Whit. Whit solta o moleque, mas seu tom ainda é áspero.

— Então, você não acredita na Terra Livre. Nem na Resistência. Nem em nós. — Os olhos de Whit brilham com tanta amargura que acho que ele vai pegar fogo também.

— Acredito, sim — Byron responde, parando de me encarar e olhando para o Whit. — Acredito até em você, ô atletinha. Li seu diário. Tem muita coisa interessante. Eu não tinha a menor ideia do seu Dom especial.

Whit parece surpreso.

— Para escrever, você quer dizer?

Byron ri.

— Você está me zoando? A maior parte daqueles poemas saiu direto da aula da srta. Magruder. E os que não saíram, bom, vamos encarar, são um lixo. — Esse cara não tem mesmo medo de meu irmão acabar com ele, né? — Quer dizer que você não tem a menor ideia de qual é o seu Dom?

— Em primeiro lugar, Byron, eu disse para você parar de falar assim. — Eu me intrometo. Está na cara que vai ser preciso uma mulher para levar essa conversa adiante. — Em segundo lugar, fale de uma vez, por favor?

— A evidência está acompanhada por certa interpolação — Byron continua num tom de almofadinha —, mas estou bem convencido de que Whit é clarividente.

Capítulo 80

Whit

EU QUERO PROVAS.

Porque sei que escrevi umas coisas bem horríveis no meu diário. Incluindo a morte de minha irmã.

— Você gostaria de interpolar essa afirmação para nós? — pergunto com um tom sarcástico.

— Isso nem tem sentido! — Byron parece irritado. — Acho que nem sempre você estava prestando atenção na aula da srta. Magruder. Para começar, talvez queira explicar como sabia que o bateristazinho dos Bionics ia ter os braços... amputados. — Meu estômago fica revirado e Wisty me olha chocada enquanto o fuinha continua: — E também me parece que você sabe que O Único vai bombardear cada palmo da Terra Livre muito em breve. Há vários exemplos, mas sugiro que você guarde o restante desta discussão fascinante para um momento mais oportuno.

Ouço um barulho atrás da porta. Byron toca algumas notas mais altas em seu Afinador de Comando, que provoca silêncio instantâneo.

— Olhe aqui, sabemos que você fala um monte de porcaria, Swain, então, vamos para o Plano B.

— É isso mesmo! — Wisty entra na conversa. — Não podemos concordar sobre um plano legal e simples que não termine num pacto suicida?

— Que tal começar com você me devolvendo o meu diário?

— Você está com sorte, Whit, porque, na verdade, isso faz parte do meu novo plano. — Ele só tem olhos para Wisty. Estou cada vez mais surpreso com os olhares intensos que ele lança para ela. É como se ela fosse a... Célia dele.

Uau... Que pensamento assustador! Instintivamente, coloco o braço ao redor de Wisty, como se pudesse protegê-la dos olhos nojentos desse cara.

— Wisty, ambos sabemos que poderíamos fazer coisas incríveis juntos — ele diz para ela e, então, a aperto com mais força. — Você sentiu isso no palco em Stockwood. Você sentiu quando usamos nossa magia no AMN. E a primeira grande transformação que você fez foi em mim, não foi? Caso tenha se esquecido, você não me transformou em fuinha. Primeiro, você me transformou num leão. Foi... eletricidade pura!

Wisty está sem palavras. O estômago dela deve estar se revirando bem mais que o meu.

— Eu sei que você não se importa muito comigo — ele continua, a tapação de sol com a peneira do ano. — Mas somos mais poderosos juntos que você e seu irmão. O fato, Wisty, é que acho que você e eu somos, na verdade, as duas crianças das profecias.

— As profecias dizem que são um irmão e uma irmã — ela diz cuspindo, indignada.

— O detalhe do irmão-irmã é uma tecnicalidade. Sei que não quer admitir isso, mas você e o Whit ainda não executaram o nível de magia que a Terra Livre precisa para vencer O Único. Porém, quando sua energia passa por mim, ela fica ainda maior.

— Então, prove! — Wisty exige.

— Você não tem noção de como estou envolvido na sua vida, na sua magia. Você nem percebeu que eu estava presente quando transformou todo mundo em moscas-varejeiras na corte do Raiwa. Por acaso se lembra de quem deixou vocês levarem a baqueta e o diário quando foram capturados pela Nova Ordem?

Estamos anestesiados, sem palavras, confusos; tentando processar todas essas informações.

Byron tira vantagem do momento e, quando dá alguns passos largos para longe, os rosnados atrás da porta começam de novo. Também ouvimos as criaturas arranhando a porta. Eram os dentes ou as garras contra o metal? Ele pega o Afinador de Comando, mas o deixa cair no chão antes de tocar qualquer coisa.

— Vocês têm duas opções, Allgood: nós três podemos acabar esta jornada sem sentido rapidamente, como mártires nas mãos do Esquadrão da Morte. Ou... — faz uma pausa e nos deixa ouvir o barulho dos monstros, ainda mais intenso — ... levamos Whit para O Único em vez de Wisty. Acredito que ele aceite o seu Dom incrível, Whit, em vez do Dom da Wisty.

— Você nem sabe de nada. Você nem sabe se eu tenho mesmo o Dom de... fazer previsões. — Devo admitir, ainda estou processando essa possibilidade. — E Wisty?

— Wisty e eu... bom... juntos, nós podemos levar a Terra Livre à vitória. — Dou uma risada alta, mas ele se vira com expressão séria para Wisty. — Eu tenho certeza disso, Wisty! Tenho o que você precisa... de tantas maneiras.

— Não! — Wisty grita. — Isso é ridículo! Nunca vou deixar Whit.

Byron olha para mim, cada vez mais concentrado e confiante.

— Vamos deixar seu irmão decidir isso.

— O que você acha que vou dizer, Fuinha? — Zombo dele. — Temos outras opções que você não conhece. — Estou olhando para Wisty como quem diz: "Não temos?".

— Mas a última opção é a única que Célia aprovaria.

Ai, meu Deus. Ele sabe? Quanto ele sabe?

— Ela disse para você se entregar, não foi, Whit? Em nome do bem maior? Para vocês poderem ficar juntos de novo?

Está no meu diário. Esse cara não presta mesmo, mas tem razão. Na minha cabeça, posso ouvir Célia dizendo isso, sinto ela me comandar: "Pare de pensar só no que está bem à sua frente. Pense no restante dos Perdidos".

— É o que era para ser, Whit. Aceite o seu destino. — Byron leva o Afinador de Comando aos lábios. — Wisty, qual é a sua decisão? Meus amigos lá fora estão com muita, muita fome.

— Não! Não, não, não! — Wisty grita furiosamente. Ela me lança um olhar e acho que entendo o que quer dizer. Ela tem um plano e acho que sei qual é. Talvez eu consiga mesmo prever o futuro.

— Whit? — Byron pergunta.

— Não — repito, com firmeza. — Sem chance.

— Bem, então — Byron responde com resignação —, acabamos nossa jornada por aqui.

Ele manda um comando do afinador e a porta pesada é literalmente arrancada das dobradiças.

Capítulo 81

Wisty

O ENXAME DE CORPOS, garras e dentes, os grunhidos e rosnados, o fedor e o calor da respiração deles estão por toda a parte. É tudo muito intenso, me dá ânsia. Nunca me concentrei tanto na vida.

No segundo em que Byron toca o Afinador de Comando, voo para cima dele como se fôssemos dois ímãs. Arranco o afinador de suas mãos.

Fico surpresa ao ver como o afinador passa rapidamente das mãos dele para as minhas, mas chego um décimo de segundo tarde demais.

Sinto garras rasgando a pele de minhas coxas.

Parece que minha vida vai terminar ali, exatamente como Byron queria. Comigo por cima dele, me segurando nele, seus monstros malditos devorando nós dois ao mesmo tempo. Essa imagem não me atrai nem um pouco.

Eu me concentro de novo e não sinto mais a dor da mutilação, que já deve ter alcançado minhas costas e pernas. Fecho os olhos e toco as notas no Afinador de Comando, o mesmo que Byron usou para controlar esses monstros.

Foi perfeito. Mando o comando de novo, e mais uma vez, até ter coragem o bastante para me permitir ver o que está acontecendo.

Os ataques monstruosos pararam. Sinto apenas a batida do coração de Byron, que está a mil. Ele está vivo. Eu estou viva. Mas e o Whit?

Continuando com a sequência de notas, abro os olhos e saio de cima de Byron. Whit está a poucos metros de distância, em cima do monstro que tinha me atacado alguns segundos atrás. Ele deu uma chave de braço na criatura. Só meu irmão mesmo!

Tem sangue grosso e grudento em mim, no Byron, no chão, no Whit. Mas o que me assusta é ver essas criaturas de perto.

São adolescentes. Crianças humanas. O que a Nova Ordem fez com eles?

Eu me encho de energia, de raiva perante tanta injustiça, e de poder. Ao olhar para o céu, e depois para Whit, nos transformo em pássaros. Pássaros bem velozes. Num piscar de olhos, viramos beija-flores supersônicos e desaparecemos no céu. O Afinador de Comando, que eu estava segurando, cai sobre o telhado novamente.

Lá embaixo, a última coisa que vejo são os adolescentes selvagens atacando Byron.

Desvio o olhar. Não posso assistir a essa cena horrenda.

Capítulo 82

Wisty

A PARTE NEGATIVA DE SE transformar numa criatura que voa é que você pode estar a algumas centenas de metros de altura quando o feitiço acaba. Ainda bem que isso só aconteceu quando estávamos aterrissando em nosso destino final: a entrada da Garfunkel's.

No piso térreo da loja de departamento, somos recebidos por rostos tristes. Tem algo bem ruim rolando por aqui, dá para sentir. Quando Whit volta de uma aventura quase mortal sem ser recebido com festa nem com Janine se jogando nos braços dele, é porque tem algo muito, muito errado.

Pelo menos Emmet se jogou em cima de mim antes mesmo que eu dissesse "Oi!".

— Não acredito, você está viva! — Ele quase chora, bem *emo*, o que é muito estranho para ele.

— E desde quando eu tenho o hábito de morrer? — Faço uma piadinha infame.

— Mas já faz... meses! — Ele passa os dedos pelo meu cabelo, que está um pouquinho mais comprido, para enfatizar o que está dizendo. — O que aconteceu com vocês?

Whit e eu olhamos um para o outro, totalmente confusos com a noção de tempo.

— Será que foi o portal? — Ele tenta adivinhar, falando da capacidade misteriosa desses portais de nos fazerem viajar no espaço-tempo.

Olho para o grupo ao nosso redor e faço que sim com a cabeça para Whit. Sim, com certeza se passaram mais que algumas semanas. Definitivamente. É como se todo mundo tivesse ficado mais pálido. Mais largado, desleixado. Com os olhos e o rosto fundos. Emmet parece um mendigo pedindo esmola na rua.

— Cadê a Janine? — Whit soa preocupado.

— Lá no departamento de Calçados Femininos. Fazendo sessões de terapia com umas crianças meio detonadas. Jamilla está lá também; mais para paciente que para doutora, desta vez. Não tem sido fácil, gente — ele reporta, num tom fúnebre.

— Vamos lá para os Acessórios pegar umas coisas — Whit nos diz.

— Por que está tão escuro? — pergunto enquanto vamos andando para a parte de trás da loja.

— Economia de energia — Emmet explica. — Bombas demais, todos os dias, o dia todo e a noite inteira.

Sasha está no departamento de Acessórios tocando uma música particularmente triste em seu violão. Quando ele se aproxima para nos cumprimentar, noto que não anda com a confiança de antes. Nos próximos minutos, as histórias que ele e Emmet nos contam explicam tudo.

O último mês viu o começo do próximo estágio do plano de dominação da Nova Ordem. A primeira leva de adolescentes e crianças, que foram sequestrados e reprogramados nos centros — ou seja, aqueles que não foram vaporizados —, estava sendo jogada novamente na sociedade para que seu cérebro robótico pudesse criar raízes e florescer. Enquanto isso, uma segunda onda intensa de sequestros começou e as equipes de espiões da Nova Ordem conseguiram se infiltrar na Terra Livre. Pelo menos uma dúzia de crianças da Garfunkel's foi capturada em missões para conseguir comida, incluindo algumas que tínhamos salvado de outros centros.

Três passos à frente e um passo gigante para trás.

Perdemos nossas casas, nossos amigos, nossas famílias — um mundo inteiro. E estamos perdendo uns aos outros.

Capítulo 83

Whit

Janine nos encontra quando estamos a caminho do departamento de Calçados Femininos. Para mim, ela mudou mais que qualquer outra pessoa. Está mais magra, o que deixou o rosto dela ainda mais bonito, mas ficou mais durona também.

Ela me vê e, apesar de estar estressada, me cumprimenta com um sorriso.

— Whit, finalmente você voltou! — Ela olha de relance para Wisty e só diz o nome dela. Não estou acostumado a esse tipo de recepção e isso me machuca, mas não demonstro nada. Todo mundo já passou por tanta coisa.

— Oi, Janine. Que bom ver você. Bom mesmo.

— Sasha e Emmet deixaram vocês dois a par de tudo? É muito assustador, gente. A Nova Ordem está transformando alguns adolescentes... em monstros.

— Em monstros mesmo! — Faço que sim com a cabeça. — Já os conhecemos.

— Que bom. Então, provavelmente você e Wisty podem nos ajudar. Se é que estão planejando ficar por aqui. — Vejo que não sou exatamente o que se poderia chamar de "uma constante confiável" na vida da Janine. — Nos ajudem a levar todo mundo, tá? Diga para eles o que podemos esperar. Mas não os assustem demais. — Ela olha para o grupo de crianças traumatizadas. — E como está a sua magia? Os seus Dons?

— Mais ou menos — respondo. — Viemos voando para cá, mas caímos com tudo na aterrissagem.

— Bom, vamos torcer para que vocês estejam mais que menos hoje. Precisamos sair deste lugar, tipo, agora. Foi bom morar numa loja de departamentos enquanto durou. — Ela olha para o lugar bagunçado que os habitantes da Terra Livre chamaram de lar por tantos meses. Meses que pareceram uma eternidade.

Janine começa a bater palmas e a gritar ordens:

— Sabemos, pelo nosso serviço de investigação, que a Nova Ordem está vindo hoje à noite, gente. Precisamos tirar todo mundo daqui e quero dizer todo mundo mesmo, até os doentes e feridos. Vamos lá, gente! Temos um plano de evacuação. Vamos executá-lo perfeitamente. — Ela faz uma pausa para respirar e me olha nos olhos. — É bom vê-lo, Whit. Está mais velho. Combina com você.

Janine está mais velha, também. E combina com ela.

Capítulo 84

Whit

Agora que a Garfunkel's foi seriamente abalada, precisamos nos mudar para um novo local e nos protegermos, mas ninguém sabe para onde. Janine, Sasha, Emmet, Wisty e eu debatemos as opções enquanto caminhamos pelo túnel sob a famosa loja de departamentos que era a patrocinadora dos jogos de futebol americano e das paradas em feriados nacionais.

— Daqui algumas horas, a Terra Livre será coberta de bombas ou ficará lotada de patrulhas da Nova Ordem. Ou as duas coisas — reconto os detalhes do que Byron tinha dito para mim e Wisty na fábrica. — Vamos ser obrigados a passar pela fronteira, voltar para o território da Nova Ordem e, talvez, ficar de boa ali e esperar tudo acabar.

— Mas onde? — Janine pergunta. — Estamos morando na Garfunkel's há tanto tempo que não sabemos mais o que está rolando lá fora. Este é o problema de ficar confortável demais.

— Que tal a represa de Stockwood? — Sasha sugere.

— Arriscado demais. Os Bionics conhecem aquele lugar e sabemos que eles trabalham para O Único. — Olho de relance para a expressão magoada de Wisty. — Bom, pelo menos a maioria deles.

— E a fábrica abandonada da Electio, Whit? — Janine pergunta.

— Foi violada pelo inimigo — Sasha responde.

Wisty sugere a Cidade do Progresso.

— Eles não vão bombardear aquela área e talvez a sra. Highsmith possa ajudar com os doentes e feridos.

Depois de discutirmos um pouco, decidimos que ir para a casa da sra. Highsmith é o melhor plano que temos. Vamos tentar fazer uma transformação em grupo quando chegarmos mais perto da casa dela, nos disfarçando como um comício ou um desfile das Estrelas de Honra de Líderes do Setor. No entanto, os velhos túneis não chegam até lá e vamos ter de fazer a última parte da viagem na superfície e sem um veículo.

— Talvez exista um portal que possa nos levar até a sra. Highsmith! — Sugiro.

— Isso mesmo! Vamos dar uma passadinha na Terra das Sombras... —

Wisty tira uma com a minha cara. — Eles estão sempre estendendo o tapete vermelho para nós, né? Sobretudo quando estão com fome.

— Estamos todos exaustos — Janine diz. — Estamos andando há horas e muitos de nós não dormem há pelo menos um dia. Vamos descansar um pouco antes de sair para a superfície.

Logo que Janine pronuncia as últimas palavras, o bombardeio se inicia. É o pior de todos. Com o túnel chacoalhando como uma britadeira e sem saber se esse túnel é forte o bastante para resistir às explosões, ninguém consegue descansar, muito menos dormir. Nos aconchegamos bem perto uns dos outros não por causa do frio, mas por segurança.

Janine e eu apoiamos as costas contra a parede e descansamos juntos. Wisty está com a cabeça no colo de Emmet. Sasha está abraçando seu violão. O restante da galera está enroscada ao nosso redor.

Estamos apenas esperando para morrer, né?

Capítulo 85

Wisty

WHIT E EU NOS ARRISCAMOS a dar uma olhada lá fora. O sol está alto e o céu, perfeitamente azul. A artilharia da N.O. sossega um pouco. Podemos ver a linha do horizonte da Cidade do Progresso a alguns quilômetros, e também a Terra Livre toda bombardeada. E agora?

Como nenhum de nós dormiu muito e precisamos do máximo de energia possível para os quilômetros de caminhada à nossa frente, Whit e eu nos esforçamos para fazer um café da manhã completo para o grupo: com bacon, ovos e *waffles*. Foi um banquete maior que o sopão do Whit. Perceber que nunca mais seríamos obrigados a sobreviver à base de barrinhas de cereal da Garfunkel's foi um avanço para nós e nossos poderes.

Fizemos assim: depois do que aprendemos no Centro AMN, praticamos nossa magia com o grupo, dando as mãos, o que funcionou direitinho. Até comecei a acreditar nas teorias malucas do Byron sobre como nossa magia fica mais forte quando passa por outras pessoas. Isso poderia ser o segredo de nosso sucesso...

É claro que os *waffles* também ajudaram bastante. Estávamos habitando um túnel, então, sol + café da manhã = galera feliz.

Não demora muito para uma formação pesada, de pelo menos cinquenta bombardeiros da N.O., vir em nossa direção. Essa é a batalha pela qual estávamos esperando e tínhamos ensaiado nosso plano — bom, até onde é possível "ensaiar" derrotar um inimigo que quer dominar o mundo.

Em vez de nos escondermos nos destroços, ficamos em terreno aberto e encaramos corajosamente os aviões que vêm com tudo em nossa direção.

— Prontos? — Emmet grita sobre o barulho do esquadrão. Ele abre um sorriso confiante e faço que sim com a cabeça.

— Tá, gente, foco, foco, foco! — grito como uma professora de educação física passando um treinamento. — Esperem até que estejam quase sobre nós, mas não exatamente para nos bombardearem. Eu falo quando!

E, no que espero que seja o momento certo, Whit e eu começamos a conduzir um coro de vozes.

"Que esse grito nos aparte, ave ou diabo!", eu disse. "Parte!
Torna à noite e à tempestade! Torna às trevas infernais!
Não deixes pena que ateste a mentira que disseste!
Minha solidão me reste! Tira-te de meus umbrais!
Tira o vulto de meu peito e a sombra de meus umbrais!"[1]

De repente, fico sem ar e algumas pessoas caem no chão depois de tanto esforço, ou explosão de poder, ou seja o que for que esteja acontecendo...

Porque, para falar a verdade, não sabemos ao certo o que está rolando.

Só sei que os aviões começam a imbicar e entram numa espiral para baixo. E as asas meio que... desaparecem?

— Eles vão cair! — alguém grita. — Em cima de nós!

— Mais uma vez! — grito. — Precisamos repetir as palavras! Todo mundo junto!

Os bombardeiros estão vindo de lado e em nossa direção. Não temos mais energia para encontrar abrigo, como se existisse algum lugar para se esconder nessa terra de ninguém. Um grupo consegue dar as mãos e recitar o feitiço novamente.

Os bombardeiros estão completamente distorcidos. Eles são, tipo, meio máquina, meio criatura. E continuam vindo em nossa direção.

— Olhem direto para eles! — berro. — E vamos recitar mais uma vez!

Quer dizer, uma última vez, pois, se não funcionar agora, já era.

Tem um avião a menos de cem metros de me estatelar no chão. Fecho os olhos e recito o último verso.

Quando abro os olhos, estou morrendo de fome. Não vejo nada no céu... a não ser um monte de corvos voando em círculos. Pelo jeito, transformamos os aviões em pássaros.

[1] Tradução de Fernando Pessoa para "The Raven" ("O Corvo"), de Edgar Allan Poe. (N.T.)

Capítulo 86

Wisty

É DEMAIS PARA A cabeça de qualquer um. Foi uma batalha militar de verdade, não foi? Estamos desarmados. E vencemos? Um monte de adolescentes venceu a N.O.?

A alegria da vitória é seguida por outro, e, depois, mais outro sucesso. Com certeza fizemos crescer a população de corvos na Terra Livre e nossa confiança está nas alturas.

Estamos vivendo à base de adrenalina há algum tempo. Triunfamos em várias batalhas parecidas. No entanto, aos poucos, a energia acaba. A magia consumiu todas as calorias daquele café da manhã de bacon e *waffles*. Todo mundo está aninhado no chão, tentando recuperar as energias.

— Tem mais um esquadrão a caminho! — Sasha grita de repente, apontando para longe.

Acho que, se eu pedir para todos darem as mãos mais uma vez, vão começar a chorar. Até Emmet, que anda pipocando de um lado para o outro, está com olheiras.

— Wisty — ele diz —, será que não deveríamos pensar em outro plano?

Meus olhos seguem os aviões.

— Mas eles não estão vindo para cá! Estão desviando e indo para...

— Onde estávamos! — Whit termina minha frase. — Para a Garfunkel's.

Não sabemos se alguém na Nova Ordem se enganou na hora de investigar, mas devem pensar que ainda estamos por lá. Porque descarregam o arsenal inteiro de bombas no centro da cidade. Bem onde fica a Garfunkel's.

Ou ficava.

Uma galerinha da Resistência ainda estava se escondendo na loja, um pessoal se recusou a nos acompanhar, achou que nosso plano era uma missão suicida.

Olho para Whit. Ele está piscando bastante, tentando segurar as lágrimas. Assistimos à loja — e talvez aos adolescentes — entrar em chamas.

Todo mundo fica hipnotizado com aqueles fogos de artifício do mal até Sasha gritar de novo. Ele está apontando para o horizonte, um horizonte que está desaparecendo sob uma nuvem negra... que não é uma nuvem coisa nenhuma. São mais aviões da Nova Ordem.

Sob a nuvem negra, há uma cortina cinza, daquelas que vemos a distância quando está chovendo em algum lugar. Mas, nesse caso, não é chuva: são bombas.

Quando atingem o chão, vemos flashes de luz azul de arder os olhos. Podemos sentir a terra tremendo, mesmo a tantos quilômetros de distância.

Será o começo do fim? Ou simplesmente o fim?

Capítulo 87

Whit

— VAMOS LEVAR TODO mundo para o subterrâneo! — grito para a Wisty. — Vi um bueiro lá atrás. Talvez possamos nos esconder ali.

Conseguimos levar o grupo para o bueiro e, por sorte, é um antigo túnel de gás, e não um esgoto. Não é o ar mais fresco do mundo, mas deve ser fundo o bastante para nos proteger das explosões e dos estilhaços, que voam por toda a parte.

Quando todo mundo está lá dentro, Wisty me chama de canto.

— A não ser que você tenha uma ideia melhor, acho que devemos ver a sra. Highsmith — ela me diz. — Ela é poderosa. Talvez ela possa... — Acho que nem Wisty sabe o que essa mulher pode fazer por nós.

— Nos dar opções? — Termino o pensamento.

— Exatamente! — Wisty faz que sim com a cabeça. — Talvez ela tenha informações sobre o papai e a mamãe também. Tenho a impressão de que ela sabe onde eles estão...

Bem nessa hora, Janine vem em nossa direção, seus olhos ainda vermelhos por chorar por nosso ex-lar destruído.

— E agora, gente? Alguma ideia brilhante? Alguma ideia nem tão brilhante?

— Olha, Janine, precisamos ver a sra. Highsmith. — Coloco as mãos sobre os braços dela. — Tudo bem você ficar aqui com o grupo?

— Tudo, mas... — Janine olha para seus coturnos pretos. Ela está se controlando para não chorar de novo.

Levanto seu queixo de leve e faço com que ela me olhe com aqueles olhos verdes cor de sálvia.

— Por que estou com esse sentimento horrível de que acabou? De que esta é a última vez que vou me despedir de você? — ela fala baixinho. Sinto um frio na espinha.

— A última vez que você vai se despedir de mim, pode ser. — Concordo com ela. — Mas não é a última vez que você me vê. Eu prometo.

Ela não consegue conter o choro. Seguro seu rosto entre as mãos e seco as lágrimas que saem de seus olhos com meus polegares. As mãos dela escorregam pelos meus braços até chegarem aos meus pulsos, como se ela não quisesse me soltar.

Não sei muito bem o que sinto por Janine. Mas sei o que tenho de fazer agora.

Então, a beijo. Tempo o suficiente para dizer tudo sem precisar de palavras — uma mistura doidona de admiração, carinho e atração. Sinto tudo isso por ela. É um sentimento forte.

O beijo não termina até que Wisty acabe de se despedir dos outros. Ela puxa minha camiseta de leve.

— Vamos, Whit.

Solto o rosto de Janine e ela só faz que sim com a cabeça. Wisty e eu escalamos a escada de metal bueiro acima e vamos encarar a zona de guerra.

Capítulo 88

Whit

— Vocês estão atrasados! — diz a sra. Highsmith pelo interfone, abrindo o portão do prédio antes mesmo de apertarmos a campainha. Mas como ela sabia que viríamos?

— Não marcamos de vir aqui, né? — pergunto para Wisty, ainda surpreso, enquanto subimos as escadas correndo e encontramos a porta do apartamento aberta. Na cozinha, vemos a velhinha ninja, com certeza parecendo mais uma poeta que uma ninja, ao lado de um caldeirão da altura dela. Ela está mexendo um negócio que exala um cheiro bem nojento. Ela prova a mistureba e quase vomita com a própria receita.

Essa é a mulher que vai mudar nossa história? Que vai nos salvar?

— Ah, finalmente vamos conversar, Whitford! Meu cristal sempre me mostrou que você era um rapaz bonito, mas agora, de pertinho, dá para ver que você é o que as meninas chamam de "gatinho" hoje em dia.

Cá entre nós, posso confirmar para você que é inacreditavelmente horrível ter uma bruxa velha me olhando daquele jeito. Fico sem graça e alterno o peso do corpo de um pé para o outro.

— Bem que você podia aprender a melhorar a postura, meu querido. Vai deixá-lo mais alto. E como foram de viagem? — ela pergunta como se tivéssemos vindo passear na casa da vovó.

— Hum, meio... tipo, tem uma guerra rolando lá fora, sabe? — Sugiro com a voz fraca.

Wisty faz um resumo de nossa jornada infernal nas últimas três horas e meia.

— Vamos dizer, sra. H., que se a senhora já teve a oportunidade de sair correndo para salvar a própria vida de uma cortina de bombas que explodem e queimam tanto que os prédios, as calçadas e as ruas, e até a terra, derretem e viram vidro... bom, analise suas outras opções e as abrace com todo o seu ser!

— Ah, eu vou, Wisteria! — Ela ri. — Mas meus ossos velhos não saem mais correndo para lugar nenhum.

Essa mulher está falando sério?

— Sim — ela diz, me olhando como se estivesse me avisando que consegue ler pensamentos. — Vocês demonstraram grande ousadia tomando a decisão de virem até aqui no meio disso tudo. Seus pais estão muito orgulhosos de vocês.

— Como a senhora sabe disso? — Wisty quase não acredita no que ouve.

— A senhora falou com eles? — pergunto ao mesmo tempo que Wisty.

— Falei. E vocês vão falar com eles também, meus queridos. Tenho praticado minha técnica holográfica e, olha só que coisa, seus pais apareceram!

Wisty e eu nos entreolhamos.

— Não é a mesma coisa que O Único estava falando lá no Centro AMN? — pergunto, primeiro com surpresa e, então, com terror. Até onde sabemos, essa velhinha esquisita pode estar do lado do cara.

— Não é... real, é? — Wisty esperava que aquela alucinação horrível que tivemos com nossos pais fosse só teatrinho do Único.

— Ah, é real, sim! — a sra. H. responde e faço cara feia. O que real significa nesse mundo de hoje?

— Venham aqui e vou mostrar para vocês. Venham, rápido! Não sei por quanto tempo minha magia vai durar.

Passamos ao redor do caldeirão e nos sentamos a uma mesa lotada de livros, canetas, papel, velas, fósforos e uma panela estranha.

— E agora, para onde foi? Ah, aqui vamos nós! — Ela levanta um pano de prato sujo para revelar (como se estivesse morrendo de vontade de completar sua imagem de bruxa) algo que parece uma bola de cristal.

"As respostas para os nossos problemas não podem estar vindo daí", penso cá com meus botões.

— E como funciona? — Wisty pergunta.

— Pergunte ao seu irmão. — A sra. H. olha para mim e sorri, como se soubesse de alguma coisa. — Aqui, Whit. Coloque a palma da mão sobre o vidro. — Ela pega minha mão e a coloca sobre a bola com a ajuda da mão dela. O globo está morno.

Vemos um flash de luz assim que minha mão toca a bola.

— Uau! — Com certeza senti alguma coisa passar por mim. Algo poderoso. Fico assustado demais para continuar. Não estou nem um pouco pronto para aceitar esse bico de cartomante.

— Ben? Liz? Vocês ainda estão aí? — a sra. H. berra como se estivesse gritando num telefone quando a ligação está ruim. — Seus filhos decidiram aparecer. Acho que as bombas atrasaram os meninos um pouco.

Não consigo acreditar na imagem que está aparecendo bem debaixo da minha mão. Nuvens e silhuetas giram, então se juntam e, de repente, aparece o rosto dos meus pais.

— Mãe! Pai! — Wisty e eu gritamos juntos.

Eles ainda estão acabados, mas dessa vez meu pai está de olhos abertos, graças a Deus, e os dois sorriem ao ouvir nossas vozes.

— Whit! Eu vejo você tão claramente! — minha mãe diz. — Wisty, chega mais pertinho? Precisamos conversar.

Capítulo 89

Whit

QUE DEMAIS! ESTAMOS lutando numa guerra, nossos pais estão com execução marcada e ainda ficam nessa levada de "precisamos conversar". Cheguei à seguinte conclusão: para os pais, não crescemos nunca.

Wisty me empurra um pouco para o lado.

— Estou aqui! Mãe! Pai! Vocês estão bem? Estamos tão preocupados com vocês! — ela diz numa explosão de palavras e emoção.

— Não se preocupem conosco — meu pai diz com a voz firme, evitando a pergunta da Wisty. — Não temos muito tempo, mas queremos dizer para vocês como é que estão indo.

Fiquei mais confuso ainda.

— Mas não seríamos nós que deveríamos contar para vocês como estamos indo?

Minha mãe faz que não com a cabeça.

— Vocês são tão corajosos; vocês dois. Estamos muito orgulhosos da força e da coragem de vocês. Tem sido difícil, sabemos, mas vocês estão mesmo aprendendo a usar a magia. E estão começando a entender como compartilhá-la, o que é extremamente importante.

— O negócio é que — meu pai fala dessa vez — o tempo está começando a ficar curto. Então... gostaríamos de sugerir que vocês... acelerem um pouco.

— Pai, acelerar um pouco? — Wisty fica um pouco indignada. Isso é a cara do meu pai, sempre fazendo de tudo para sermos os melhores e os mais rápidos.

— Talvez vocês sejam obrigados a fazer algumas coisas que não parecem... corretas. Coisas que saem da zona de conforto de vocês. Whit sabe tudo sobre isso, não é, Whit? "Sem dor não há conquista." Às vezes, vocês vão precisar ser contraintuitivos.

Wisty parece confusa, e não consigo parar de ouvir a voz de Célia na minha cabeça.

— Você quer dizer, tipo... nos entregarmos? — pergunto.

Wisty faz que não com a cabeça e se intromete.

— Mas, mãe, passamos por tantas coisas horríveis! Temos sangue e cicatrizes pelo corpo todo para provar. — A voz dela está tremendo. — Vocês são nossos pais! Não querem que fiquemos em segurança?

— Fazer coisas importantes nem sempre é seguro, querida — minha mãe diz com uma cara de choro. — É a lição mais difícil que um pai pode ensinar ou que alguns filhos têm de aprender. Mas foi para isso que os Allgood nasceram. Vocês descobriram seus Dons. Agora, precisam abrir mão deles.

— Abrir mão deles? — pergunto. — O que isso quer dizer? Para quem? Para O Único?

— Isso é loucura! — Wisty grita e me lembro, na hora, da fase rebelde dela na escola.

— Eu sinto tanto, querida, mas é tudo o que podemos contar para vocês — meu pai diz. — Porque é tudo o que sabemos. Nós amamos vocês dois e temos tanta saudade...

O rosto de nossos pais começa a desaparecer. E os dois estão sorrindo, cheios de coragem.

— Não partam ainda! Mãe! Pai! — Wisty ainda está gritando. — Por favor, não vão embora!

A sra. Highsmith solta um "Shhhh!".

— Meus vizinhos já me aborrecem o bastante! Agora, vão querer reclamar de gritos na minha cozinha — ela diz, ranzinza.

— Precisamos falar mais com eles — Wisty discute. — De verdade!

Mas a sra. H. já está de pé e de volta ao seu caldeirão bizarro.

— O mais importante é que seus pais estão a salvo, mesmo que estejam com uns probleminhas, digamos.

— "Probleminhas?" Olhe aqui, minha senhora — digo a ela e ignoro o fato de que é, provavelmente, uma má ideia xingar uma bruxa maluca —, arriscamos a vida para vir até sua casa em busca de conselho. Nossos pais estão no corredor da morte. Nossos amigos estão presos num túnel sob uma zona de guerra. A Nova Ordem quase completou a ocupação total da Superfície. E não temos a menor ideia do que O Único quer da Wisty ou de como devemos derrotar esses loucos "ególatras"!

Ela para de mexer o caldo no caldeirão e nos olha, parecendo se divertir. É o suficiente para me deixar doido da vida. Os adultos fazem isso o tempo todo.

— Mas que coisa, crianças! As pistas estão todas no nariz de vocês. Vocês dois têm de olhar com mais vontade. E, quanto ao que O Único quer com a sua irmã, bom, é, óbvio, o que você tem, querida, e ele não.

É o pior momento possível para um vento animal entrar detonando pela janela e quase demolir o apartamento.

O Único nos encontrou!

— Você contou para ele que estávamos aqui! — Wisty grita para a bruxa velha.

Capítulo 90

Wisty

NUNCA SENTI O PODER dele tão forte quanto neste momento.

Depois de quase não escapar dos estilhaços de vidro voando por toda a parte, Whit e eu estamos segurando com toda a força num aquecedor antigo, agachados para não sermos atingidos pelos móveis, talheres e eletrodomésticos que vêm de tudo quanto é canto desse tornado que se formou dentro do apartamento.

Por outro lado, a sra. Highsmith insiste em ficar de pé, fincada no chão.

— Ele está controlando o ar! — ela grita. — Estudem cada movimento dele. Aprendam com isso.

É bem difícil me esconder de torradeiras e panelas voadoras sem cair. Mas fica dez vezes pior quando o piso vira gelatina. É um terremoto de verdade, um oferecimento de... O Único. Tudo treme, cai e vira de ponta-cabeça, e o barulho é de estourar os tímpanos e deixar qualquer um surdo. Minha cabeça lateja.

— Ele está controlando a terra! — A sra. Highsmith continua, dando sua aulinha aos berros em meio a essa confusão toda. O Único parece fazer de tudo para ilustrar o próximo ponto da lição.

— E agora ele está controlando a água!

Começa a chover dentro do apartamento. A sala se enche de água, que chega rapidamente ao nível dos joelhos.

— Há apenas uma coisa que ele precisa para garantir completamente seu domínio no presente e no futuro, e para se tornar completo. O ego dele é gigantesco e é sua maior força, mas também sua maior fraqueza. Vocês estão entendendo... ESSA MINHA VIAGEM?

A sra. Highsmith levita, possivelmente para evitar ter de sair nadando em sua própria cozinha, mas, pela expressão de raiva salpicada de terror em seu rosto, percebo que isso não está acontecendo por vontade dela. Num segundo, ela está grudada no teto, com o rosto transformado por uma dor terrível. E, então, os olhos dela ficam arregalados de um jeito nada natural.

Ela está sendo esmagada até a morte, né?

— Mentiroso! — ela berra inexplicavelmente e, de repente, a sala fica em silêncio. — Mostre-se!

Como se pinças invisíveis abrissem o apartamento ao meio, ela é jogada pela janela quebrada e para o vento que uiva lá fora, berrando "Mostre-se!" sem parar.

Capítulo 91

Wisty

Ficamos quietíssimos. Não há muito a dizer depois que se testemunha algo tão horrível e estranho quanto o que acabou de acontecer no apartamento da sra. Highsmith.

Whit é prático, como sempre.

— Vamos sair daqui antes de O Único aparecer. Ou mandar os soldados dele.

Tarde demais. Mais ou menos.

Nem temos chance de chegar à porta quando ouço uma música misteriosa, e ao mesmo tempo familiar, entrando pela janela quebrada. Notas que ficaram marcadas a ferro e fogo em minha memória.

É o Afinador de Comando. O Afinador de Comando do Byron Swain, para ser mais exato.

Na calçada limpa da Cidade do Progresso, lá embaixo, há um grupo deprimentemente familiar de criaturas selvagens liderado pelo — *uh, lá-lá*, mas que surpresa! — próprio sr. Fuinha Não Confiável.

Mas quer saber de uma coisa? Sinto um alívio — completamente fora do meu controle, que fique bem claro — ao ver que Byron está vivo. Vai entender!

Whit está atrás de mim, me protegendo, e começa a construir uma barricada na porta do apartamento caso isso acabe, sabe como é, numa reprise de nosso último encontro com B. e seus amigos dentuços e babões.

— Então, Wisty, acho que você ainda não entendeu como as coisas funcionam — Byron diz sem emoção na voz. — Se você tivesse feito a coisa certa, se tivesse ouvido o que venho lhe dizendo, eu poderia ajudá-la agora. Mas você não me escutou. Então, não posso ajudar você em nada. — Percebo um toque de raiva na voz dele. Ele encara Whit, que está de volta ao meu lado. — Então, sinto muito, mas vou ser obrigado a fazer o que Célia mandou eu fazer.

— Do que você está falando, Swain?! — Whit grita. — Não se atreva a falar de Célia!

— Quando segui vocês na Terra das Sombras, encontrei sua antiga namorada. Para ser mais exato, o pessoalzinho dela se encontrou com o meu. — Eu me lembro desse momento e Whit também. — Sinto muito em informá-lo, namoradinho, mas ela virou uma Perdida. Ela e seus novos amigos estavam prestes a nos consumir, e isso significa que ela comeria você também.

Nem preciso olhar para o Whit para sentir a energia irradiando do corpo dele: ele quer se jogar pela janela, direto para cima do Byron.

— Mas isso é impossível! — ele grita.

— Qual é o seu problema, Byron?! — eu grito. — Age como se se importasse comigo e, daí, você mente, me ameaça e me trai toda vez que nos encontramos...

— Eu minto? Wisty, me dê uma boa razão pela qual eu deveria mentir. Diga qual é a única razão que eu tenho para viver.

Devo admitir, não sei a resposta dessa pergunta. Nunca soube. Nem quando Byron estava na pré-escola comigo.

— Prove que você conversou com a Célia! — Whit continua. — Eu quero provas!

— Tá, Whitford. Eu provo. Me diga se isso lhe soa familiar: "Temos pouco tempo juntos. Não vamos desperdiçá-lo".

A julgar pelo tom de cinza do rosto de meu irmão, ele ouviu essa frase antes.

— Você teve um sonho um dia desses, não foi? E a Célia estava usando bastante perfume, certo?

Vi cinzas de lareira com mais cor que Whit nesse momento.

— E você sabe por que ela estava usando tanto perfume? Porque, mesmo num sonho, ela fede como um zumbi apodrecido. Do mesmo jeito que todos os Perdidos fedem.

Whit está fazendo que não com a cabeça, sem conseguir aceitar. Ou será de nojo ou terror? Ou todas as opções anteriores?

— Sabe qual é a ironia aqui? Ela não está assombrando você porque o ama. Nem porque quer você de volta. Não, ela está atrás de outra pessoa.

— Como assim? — Whit pergunta.

— Na verdade, no pacto que ela fez comigo, a razão pela qual me permitiram viver e voltar aqui, ela me fez prometer que traria sua irmã. É isso o que ela quer, atletinha de araque.

Capítulo 92

Whit

Nem sei por onde começar para compreender o que Byron Swain acabou de me dizer. Tem de ser mentira.

Um plano está se formando em minha cabeça, mas, enquanto isso, pego cada objeto ao meu alcance e começo a tacar tudo em Byron e em seus animais. Livros, velas, utensílios de cozinha, porta-retratos. O que está à mão vai voar pela janela.

Tenho o braço bom para lançar coisas, mas, infelizmente, aquele maldito está acostumado a se esquivar.

— Wisty! — ele grita entre uma esquivada e outra. — Por favor, venha comigo! É sua última chance de aceitar minha proposta. Faça aquilo para o qual seus pais o prepararam a vida toda!

Assim que ele termina a frase, jogo uma luminária de chão nele como se fosse uma lança. Ela pega Byron de lado e ele meio que gira no lugar, mas não cai.

E, então, Wisty me deixa chocado. Na voz mais baixinha do mundo, ela sussurra:

— Mas a mãe e o pai disseram mesmo... que às vezes precisamos fazer coisas que não parecem certas.

— Eles falaram "coisas fora da nossa zona de conforto", e não burrice! — berro para Wisty. E me arrependo imediatamente. É tarde demais. Até Byron sai de sua posição de defesa e me encara com os olhos arregalados.

— Você acabou de chamar sua irmã de burra, Whit?

— Não. — De certa maneira, sim. — Eu disse que ir para qualquer lugar com você é burrice. E é mesmo.

— Bom, você denegriu a Wisty pela última vez.

— Byron! — Wisty berra, preocupada. — Tudo bem! Juro! É carinho de irmão!

— *Sayonara*, Whitford Allgood — Byron diz e bate continência para mim.

Ele toca uma nova música no Afinador de Comando e o Esquadrão da Morte parte para a caçada, escalando a lateral do edifício como um bando de aranhas gigantes e quebrando o que sobrou das janelas.

Bom, achávamos que visitar a sra. Highsmith poderia mudar o curso dessa história. E parece que vai mesmo.

Capítulo 93

Wisty

Não sou muito de dar gritinhos covardes, mas duas toneladas de adolescentes que mais parecem babuínos uivando e se enfiando num apartamento minúsculo, cuja única saída está bloqueada, me gela o sangue.

Grito com toda a minha força e até o Esquadrão da Morte se assusta por uma fração de segundo, uma pausa longa o bastante para Byron tocar mais uma sequência de comandos para eles.

Whit me leva para um canto da sala e bloqueia o caminho até mim com o corpo.

— Whit, isso não vai dar certo!

E não dá mesmo. As criaturas vêm para cima de meu irmão com tudo, com sede de morte. Mas eles não nos matam. Eles nos amarram com as mãos e os pés juntos, rapidamente e sem muito cuidado.

Olho Byron Swain. Ele entra no local.

— Sinto muito pelas precauções de segurança, Wisty — Byron diz. Ele checa as cordas em nossos braços e enfia uma mordaça na boca de Whit. — Mas não posso ter outras distrações nesta situação. Caso você ache que não sou um rapaz decente — ele diz ao se virar e enfiar um pedaço de pano com gosto de óleo na minha boca também —, preciso deixar bem claro que não vou permitir que meus amigos acabem com o Whit na sua frente, como fui instruído a fazer. Em vez disso, vou levar vocês dois para O Único. Acho que ele vai querer colocá-los no mesmo programa de perder peso que seus pais. Depois, seguiremos em frente com a execução dos Allgood!

Ele não acabou de falar isso. Não acredito que ele realmente...

— Sim, senhora. Vai ser a maior execução de todos os tempos. — Ele continua falando. — Eu bem que a avisei, Wisty. Tentei impedir isso.

"Beleza, Byron," eu penso. "Isso é muito simples. Você não me dá alternativa. Vou ser obrigada a simplesmente... explodir."

Capítulo 94

Whit

QUANDO MINHA IRMÃ CAÇULA pega fogo, às vezes ela vira uma tocha humana mais ou menos normal, com chamas girando ao redor do corpo, e você com certeza não se sentiria muito confortável ao cumprimentá-la com um aperto de mão. No entanto, outras vezes, ela fica tão brilhante e quente que fica difícil até de olhar para ela. Como agora.

Byron olha para ela, sim. Na verdade, ele fica totalmente boquiaberto, de tão impressionado com seus poderes.

As cordas e a mordaça de Wisty duram um nanossegundo. Ela fica de pé com um pulo e dá alguns golpes ameaçadores na direção de Byron e sua turminha do mal. Eles dão alguns sábios passos para trás. Tenho certeza de que ela poderia transformar todos em cinzas num piscar de olhos, mas, por alguma razão, não faz isso.

Enquanto os adolescentes assustadores se encolhem, Byron se aproxima de Wisty. Ele parece estar num transe e, sem querer, deixa cair o Afinador de Comando.

Wisty acena com as mãos como quem diz "Sai pra lá!".

— Saia de perto de mim, Byron! Estou quente demais. Vá embora agora e não machuco você.

— Você não pode me machucar, Wisty — ele diz. — Não mais. — E, então, ele faz algo impensável. Estou amarrado e amordaçado, e não posso fazer nada ao ver Byron se atirar nas chamas de Wisty. Ela tenta se afastar, mas ele se prende a ela como se fosse uma criança e ela estivesse ali para salvá-lo.

Wisty tinha razão. Não somos assassinos. Mesmo odiando esse cara, não posso ficar ali parado e ver Byron se matar.

— Byron! O que você está fazendo? Pare! — Wisty berra. — Pare, deite aí e role!

— Você não pode me machucar, Wisty — Byron repete ainda em transe, apesar de as chamas chiarem em seu corpo. Ele deve estar delirando. Está na cara que ele está morrendo queimado, mas o incrível é que não mostra sinal nenhum de dor.

As criaturas, confusas e sem nenhum comando para guiá-las, começam a uivar. Mas Byron não está nem aí, com o rosto enfiado no pescoço de Wisty, os braços ao redor dela. Como se estivesse bebendo o fogo dela.

E... ele não está se queimando.

Ele não está se queimando!

Capítulo 95

Whit

Vamos recapitular: há várias situações de perigo de morte em nossas mãos nesse momento.

1. Byron ficou doido de vez.
2. Em alguns minutos, os amiguinhos selvagens dele vão arreganhar os dentes e nos atacar!
3. O apartamento da sra. H. é o lugar perfeito para se ter um incêndio. As chamas gigantes de Wisty se alastraram pelas cortinas, pelo tapete e pelo papel de parede, que também está queimando.
4. Ainda corro o risco de ser dado de lambuja para O Único, se não conseguir controlar essa situação.

Preciso apagar as chamas da Wisty de alguma forma. Mas não consigo controlar o fogo! Sei disso, pois esse Dom é da Wisty. Mas, se eu me concentrar no caldeirão da sra. H., será que consigo fazê-lo voar? Ele está cheio de líquido, e um dilúvio nojento nos seria bem útil.

A alcateia está uivando cada vez mais alto, não tenho outra escolha.

É um ato de desespero, mas concentro minha mente e consigo levantar o caldeirão. Em seguida, mando o caldeirão voar pela sala.

Seja lá o que for que a sra. H. estava cozinhando, tenho certeza de que não é para consumo humano, pois funciona como espuma de extintor de incêndio. As chamas da Wisty se apagam e Byron — sem nenhum sinal de queimadura nas roupas, no cabelo, nem na pele — cai no chão.

Wisty está pingando aquele mingau nojento, surpresa com o que acabou de acontecer, mas ainda ligada o bastante para perceber o que deve fazer em seguida. Ela me desamarra e tira a mordaça de minha boca, ainda de olho nas criaturas, que, definitivamente, parecem respeitar seu poder com o fogo.

— Fiquem aí ou eu frito vocês! — Ela os ameaça e até joga umas chamas na direção deles. Depois, minha irmã caçula me ajuda a ficar de pé e percebo que ela é muito mais forte do que parece. — Isso foi demais para a minha cabeça! — ela diz em voz baixa. — Vamos sair daqui enquanto é tempo!

Capítulo 96

Wisty

Apesar dos acontecimentos esquisitos da última hora — da mensagem profundamente perturbadora de meus pais, da luta contra furacões, da experiência inesquecível de ver Byron Swain abraçando, absorvendo e respirando meu fogo —, saio daquele prédio me sentindo inexplicavelmente poderosa. Estou aprendendo coisas sobre mim, apesar de ainda não estar claro por que O Único deseja tanto meu Dom.

Assim que Whit e eu saímos do prédio da sra. H., rola uma ventania incrível, que só pode significar uma Única coisa. E sabe de outra coisa? Não estou nem surpresa. Ele é (e odeio dizer isso) onipresente.

Eu me viro para encará-lo, como se fosse um duelo. O Único vem andando, pela rua deserta, devagar e em nossa direção.

— Esse é o *gran finale*, filhos dos Allgood! — Ele nos avisa, o que me parece bem justo. — Dei àquele informante maldito mais chances que ele merece — diz enquanto marcha com a maior calma do mundo. — Eu disse que, se ele falhasse, eu o faria sofrer ao assistir a você, Wisty, morrendo de maneira lenta e dolorosa em minhas mãos. Mas como sou muito justo, há um teste final. É passar ou repetir de ano, você e seu irmão. Talvez ambos sobrevivam, talvez apenas um; provavelmente, nenhum dos dois. Estão prontos? — Ele nem espera pela resposta. — Então, vamos começar!

Ele bate o pé com força no chão e uma fenda enorme se abre e começa a se alastrar até o meio da rua, em nossa direção.

— Eu controlo a terra! — ele berra com todo o ar dos pulmões. — Verdadeiro ou falso?

Whit pega a minha mão e a aperta com força. É incrível o que um toque humano é capaz de fazer: me dá a energia de que preciso.

— E se voarmos? — pergunto.

— Vale a pena tentarmos. Precisamos nos concentrar. Vamos conseguir.

É a transformação mais rápida que fiz até agora. E uma transformação dupla, para ser mais exata. Num instante, Whit e eu estamos no ar. Transformar-se em falcão requer muito mais energia que virar um beija-flor, mas estou empolgada e não estou nem aí. A sensação é incrível. Geralmente, a presença do Único acaba com a nossa magia, mas, nesse momento, sinto que somos invencíveis ao batermos as asas triunfalmente sobre a cidade.

Porém, nosso voo só dura uns duzentos metros. Batemos numa parede de vento. Tentamos pegar carona na corrente, mas o poder e a força da ventania nos levam para o lado e, depois, para baixo.

— Eu controlo o vento, o ar! — O Único berra. — Verdadeiro ou falso?

Whit e eu quase somos jogamos na fachada de tijolos de um prédio de escritórios. Antes de eu ter tempo de entrar em pânico, nos transformo no único animal com armadura protetora em que consigo pensar: um tatu. Dois tatus. Nos enrolamos na nossa carapaça, quicamos na parede — e, olha só, mesmo assim machuca, viu? — e rolamos pela rua.

Outro abismo enorme se abre à nossa frente, acompanhado por um rugido do Único.

— Eu controlo as cidades e as ruas. Verdadeiro ou falso? Vou dar uma dica: essa afirmação é verdadeira.

De repente, a rua explode em pedaços. Eles se transformam instantaneamente num cristal brilhante, que lança fragmentos pontiagudos em todas as direções. Se não sairmos do chão nesse momento, vamos virar salaminho fatiado.

Damos saltos cada vez maiores e mais altos, até termos penas e patas. Somos parte leão, parte pássaro... nos transformamos num grifo.

Conseguimos nos transformar em coisas que existem apenas em nossa imaginação?

Não há palavras para descrever essa conclusão, a não ser a palavra “bombástica”. Mas me esqueço dela rapidinho quando o lugar onde estávamos, há meio segundo, explode com um barulho de trovão. Os dois prédios, um de cada lado da rua, desabam. Uma onda de choque e uma nuvem de poeira vêm atrás de nós e saímos girando pelo ar.

Meu corpo e minha mente penam com o tranco. Nosso poder é bem... poderoso, mas o dele é inacreditavelmente superior. Por que ele é tão poderoso? Quem poderia controlar a natureza desse jeito?

Penso numa coisa terrível. Terrível mesmo. “Será que ele é Deus?”

E ali está ele. Maior que a vida, os braços abertos, os olhos nos encarando, seu terno escuro impecável. A boca dele fala furiosamente enquanto ele prepara o que parece ser um tufão no céu, que vem girando em nossa direção.

Não somos páreo à força hercúlea do vento e da chuva, que batem com tudo contra as nossas asas, e despencamos do céu em direção à água do porto.

— Pergunta-bônus! — O Único grita. — Quem controla a água, os oceanos, os rios e os mares? Ops! O tempo acabou! Larguem as canetas. Sou eu!

Capítulo 97

Whit

ACHO QUE NÃO fomos aprovados. Mas não vamos nos render, nem pensar! Isso não vai acontecer.

O choque ao cairmos na água poderia ter nos deixado inconscientes ou poderíamos ter nos afogado se não estivéssemos em sintonia. Fazemos um mergulho quase perfeito, sem espirrar água, e cortamos a superfície. Mas, lá embaixo, a água está agitada e correntes estão vindo do fundo do mar.

Quem controla a água? Bom, quem mais?

O porto inteiro está se erguendo numa onda gigante — um tsunami que detonaria todos os outros tsunamis —, e estamos nos debatendo na água, tentando nadar lá no meio. A onda fica cada vez mais alta. Nunca vi nada parecido. Acho que posso dizer, com segurança, que ninguém viu algo parecido. A não ser que levemos a Bíblia a sério literalmente. Será?

Wisty e eu não conseguimos mergulhar. E, a essa altura, é inútil tentar nadar. Bom, se você não pode vencê-los, junte-se a eles, certo?

Assim, nos imagino... numas pranchas tipo *longboards.* E meu pensamento se materializa de verdade!

— Você fez isso? — Wisty berra enquanto tenta se equilibrar na prancha.

— Fiz! Mesmo se nos ferrarmos e nos afogarmos, pelo menos vamos morrer em grande estilo!

Wisty dá um sorriso de surfistinha maluca enquanto a onda começa a descer e nós também.

Capítulo 98

Wisty

Em mais ou menos um segundo e meio, minha breve euforia se transforma em terror. De repente, essa onda gigante está ganhando altura de novo. Estamos chegando perto da margem, a uns quatrocentos metros de altura. O Único vai destruir metade da cidade se não acabar com essa loucura agora. E isso quer dizer que há centenas — ou melhor, milhares — de pessoas prestes a morrer afogadas.

Sei que a maior parte delas deve ser androides da Nova Ordem, mas, mesmo assim, são seres humanos, vivos e respirando. Não podemos deixar essa onda gigante — nem O Único — acabar com eles. Acho que sei o que preciso fazer e não tenho tempo de conversar com Whit sobre o assunto.

É o que meus pais disseram: às vezes, pelo bem maior, você tem de se aventurar fora de sua zona de conforto. E o que vou fazer, querido leitor, fica bem longe do que até eu considero o limite da sanidade.

Por sobre o barulhão da onda enorme, berro tão alto que acho que a força das palavras vai abrir um buraco na minha garganta:

— Eu vou lhe dar o que quer! Eu lhe dou o meu Dom! Mas você tem de parar com essa loucura antes que a onda chegue à praia!

E, como mágica — ou melhor, com magia mesmo —, a onda começa a baixar e somos gentilmente levados pela água até uma praia estreitinha.

De pé, bem em nossa frente, está ninguém menos que O Único. Ele está sorrindo como um pai orgulhoso que recebe os filhos em casa depois de uma longa viagem.

— Vocês sabem mesmo surfar! Ah, ser jovem... eu invejo vocês! — ele diz enquanto a onda quebra suavemente na praia. — Estou tão feliz por você ter finalmente mudado de ideia, Wisty — diz O Único. — Infelizmente, trago más notícias. Vocês falharam, os dois. Todos os Allgood falham. Está bem óbvio que não posso lapidar vocês, então acho que... Seguirei sem vocês.

Ele vira de costas para nós e ergue as mãos para o céu.

— Levem esses dois daqui! — ele grita. — Essa bruxa e esse bruxo não têm mais utilidade nenhuma.

Não tem ninguém ali. Ele está falando sozinho.

Num piscar de olhos, como uma praga de gafanhotos cobrindo a terra, milhares de soldados e policiais da Nova Ordem aparecem no topo do morro e vêm correndo até nós. Nos viramos para o outro lado, e vemos mais hordas de soldados vindo da água.

Esse muro de maldade é impenetrável.

Finalmente, O Único se dirige a nós de novo.

— Essa história tem uma moral — ele afirma. — Muito se espera daqueles que recebem Dons. Pensem nisso lá na Terra das Sombras, bruxa e bruxo.

EPÍLOGO

UM ESPETÁCULO, COMO PROMETIDO

Capítulo 99

Wisty

ACHO QUE NÃO HÁ muitas páginas sobrando neste livro. E você deve estar pensando onde é que entra o final feliz.

Posso ser bem jovem, mas já descobri que, na vida, nem tudo se resolve de um jeito fácil. Mas posso garantir uma coisa: ainda há esperança, tá? Nunca diga que eu, Wisteria Rose Allgood, desanimei. Não interessa que porcaria O Único vai aprontar conosco; juro que vou encontrar algum ponto luminoso no meio dessa escuridão toda e me prender a ele com todas as minhas forças.

Agora mesmo estou me prendendo à imagem das pessoas que me deram a vida. Minha mãe e meu pai.

Nada de fantasmas, nem de alucinações: são eles, em carne e osso. Mas em cordas. Igualzinho a mim. Conseguimos ver os dois e dizer a eles o quanto os amamos, uma última vez antes de morrermos.

E que reunião de família, viu? Olha, estamos aqui, a multidão indo à loucura ao nosso redor, os brutamontes de coturno da Nova Ordem nos empurrando para cima do palco no estádio, as cordas ao redor de nossos pescoços, as câmeras de TV na nossa cara... e, na torre, bem à nossa frente, Ele. O Único Que É O Único. Todo glorioso, triunfante — ele venceu!

Usar uma antiga plataforma de enforcamento é só mais um de seus toques cruéis. A vaporização é o método de execução preferido do Único, muito eficiente, mas os alçapões são um bônus na nossa humilhação; é maldoso e é mais um personagem nesse teatro mórbido.

Estou morrendo de vontade de pegar fogo de tanto ódio que sinto desse monstro que destruiu nossas vidas e que está prestes a exterminar minha família. Quero usar minha raiva para encontrar forças, encontrar minha magia, para queimar esse cenário horrível até virar cinzas, para cauterizar esse "mundo" em que somos obrigados a viver.

Mas, na boa, estou assustada demais para ficar com raiva. Minha coragem está se esvaindo; minha luz está se apagando.

Meu Deus, não quero morrer! Não quero que a minha família morra.

Não quero assistir à morte deles.

Meu pai está com a mesma expressão impenetrável no rosto, tentando passar um pouco de coragem para nós. Minha mãe já desistiu de esconder suas emoções e está chorando baixinho, de tristeza e medo.

Whit, por outro lado, parece muito fulo da vida, exceto quando está se recuperando das porradas que leva na nuca. Ele tentou se soltar das cordas uma meia dúzia de vezes e, a cada vez, os carrascos com capuz na cabeça batem nele com um cassetete. Meu irmão cai de joelhos. Eles o ajudam a se levantar, e ele recupera os sentidos e a força e faz tudo de novo.

A multidão macabra está adorando esse lance dramático. A mãe de coração partido, o pai inabalável, o filho rebelde e a filha covarde, que, por alguma razão, eles acreditam ser uma bruxa.

O Único Que É O Único levanta as mãos de dedos compridos no ar e manda todo mundo ficar quieto. Depois, ele faz outra coisa com as mãos, um movimento que conheço bem. Por favor, meu Deus, não deixe que ele...

Um abismo se abre à frente dele e vai se alastrando pelo chão em nossa direção. Ou, pelo menos, na minha direção e na de Whit.

Num piscar de olhos, minha mãe e meu pai são vaporizados. Não sobra mais nada deles, além de fumaça. Minha mãe. Meu pai. Mortos.

Capítulo 100

Wisty

WHIT E EU FICAMOS paralisados de terror enquanto as cinzas negras pegam carona na brisa e sobrevoam a multidão de espectadores. Eles batem os pés com tudo no chão, erguem os punhos no ar e aprovam, com clamor inigualável, os assassinatos que acabaram de testemunhar.

Estou chocada demais para comemorar o fato de ainda estarmos — inexplicavelmente — vivos. O Único não nos matou. Ele não nos matou. Isso não faz nenhum sentido. E, então, tudo fica ainda mais estranho, mais surreal. Como num sonho.

A cena é dominada por uma luz tão brilhante que até cega. É uma luz fria, se é que existe tal coisa, como um tsunami poderoso de sol explodindo sobre uma paisagem coberta de neve.

Talvez eu tenha morrido também. Talvez essa seja a famosa luz no fim do túnel?

Ou... é o Fim dos Dias?

Quando a luz se acalma um pouco, vejo que O Único Que É O Único está de joelhos. Berrando. Por alguma razão, não consigo ouvir o grito dele. Na verdade, não consigo ouvir nada.

Será que rolou uma explosão? Não sei, mas, de repente, sinto um monte de mãos sobre mim, mãos frias. Elas estão desamarrando as cordas. Um pequeno exército de silhuetas encapuzadas está ao meu redor e de Whit. Os guardas da Nova Ordem, que protegiam o palco, caíram com a explosão de luz e energia.

As figuras encapuzadas arrancam a forca de nossos pescoços e, no mesmo instante, as portas dos alçapões se abrem com um clique. Caio na escuridão.

É como se eu tivesse acabado de ser enforcada, mas não fui. Fui? Não, só caí de costas no chão.

Estou esborrachada no chão com toda a pompa e circunstância de uma velha boneca de pano. Não quero me mexer. Não quero nem respirar. Só quero que tudo isso acabe. Quero fechar os olhos e parar de existir. Rezo para isso acontecer.

Outra mão gelada segura o meu braço e me ajuda a ficar de pé. Meus ouvidos começam a latejar, ouço alguma coisa — uma voz. E uma voz bem familiar.

— Corra! — a voz diz enquanto uma porta se abre e a luz do dia entra. — Corra, Wisteria. Corra como se não houvesse amanhã... porque, se você não correr, talvez não haja mesmo.

Minha audição volta com tudo. O barulho do pânico se espalha nas arquibancadas. Gritos e gemidos parecem ter poder o bastante para acabar com o estádio inteiro.'

Mas o que eles viram? O que aconteceu com seu líder tão destemido?

Corro meio cambaleando e me junto à multidão frenética no campo do estádio, num estouro da boiada em direção a uma das quatro saídas. Já fiz isto antes: fugir da cena da minha própria execução. Parece impossível, mas sei que vou conseguir. Sei como manter a cabeça baixa. Sei como me esquivar e ficar quieta. Sei como manter o foco num mar de pânico cego.

Não percorro nem quarenta metros e paro de supetão, como se meu coração tivesse caído do peito. Whit! Cadê o Whit?

Eu me viro e consigo enxergar de relance os alçapões sobre o palco. Quatro forcas vazias se deixam embalar pela brisa. O Único desapareceu.

E Whit também.

Chorei pelos meus pais, mas fico de joelhos e caio no choro como um bebê pelo Whit. Num oceano de milhares de pessoas, estou sozinha.

Não completamente. Mais uma vez, sinto alguém segurar o meu braço e uma voz falar em meu ouvido.

— Corra, Wisteria. Rápido. Você precisa sair deste lugar amaldiçoado.

Dessa vez eu resisto. Eu me levanto e corro de volta para o alçapão, o lugar onde vi meu irmão pela última vez. Dou apenas alguns passos quando alguém, ou alguma coisa, me joga no chão.

— O Whitford está bem — a coisa me diz, me fazendo ficar de pé e me virando para o outro lado. — Pense nisso. Agora vocês não podem ficar juntos. Seria mais fácil para eles se vocês estivessem juntos. Não podemos arriscar.

A voz foi racional, mesmo sendo insistente. E parece desesperada de verdade.

— Não há tempo, Wisty. Pelo Whit, corra! Corra! Você tem o Dom. Só você o tem. Sem você, a esperança morrerá.

Tenho de correr, né? Tenho de tentar fugir. Minha vida é importante. Meu Dom é importante. Então, eu corro. Corro como se a vida de meu irmão dependesse disso.

Quando olho para trás, vejo o rosto da pessoa que me salvou — é a Célia. Célia!

Lá está ela, o único ponto luminoso no meio da escuridão. Falei para você que encontraria. Eu disse que me prenderia com todas as forças a isso. E é isso que estou fazendo.

E vou usá-lo para encontrar o Whit. Para encontrar meus amigos. Para encontrar o caminho até a Terra das Sombras. Para encontrar meus pais.

Porque...

Muito se espera de bruxas malvadas e assustadoras que recebem Grandes Dons.

TRECHOS DA PROPAGANDA DA NOVA ORDEM

como Divulgada pelo
Conselho da N.O. “Artes”

A HISTÓRIA CONTINUA...

LIVROS ESPECIALMENTE OFENSIVOS QUE FORAM BANIDOS

Como Ditado por O Único Que Bane Livros

PATOS PEDREIROS: É a história de um grupo de patos sensíveis — patos de rua e de estimação —, que procuram cumprir uma "profecia". Graças à Nova Ordem, os cidadãos sabem que manter animais de estimação é irracional e um fardo para a sociedade (e que o único papel adequado para criaturas do tipo é serem servidos à mesa). Há pouco interesse nessa série.

PIPOCA GIRL — AS DELÍCIAS DA PIPOCA: Série de livros que segue um grupinho de adolescentes pipoqueiras que mentem, traem e espiam as amigas. De acordo com o Conselho de Documentação de Influências Perniciosas da Nova Ordem, até que as mentiras, traições e espionagem são bem realizadas, mas os elementos ligados à pipoca são ofensivos. Esses livros foram um dos primeiros a serem confiscados e destruídos no Grande Expurgo de Livros.

O ESTRANHO CASO DO CACHORRO NA TERRA DAS SOMBRAS: A história, supostamente não fictícia, de um cachorro mais curioso que o restante de seu bando e que encontra outra dimensão. Devido às referências disparatadas a dimensões alternativas, o texto foi banido.

JOGOS SEDENTOS: Um trabalho de ficção que se passa num mundo que não tem mais água, onde o governo decidiu controlar a população usando seus filhos excedentes como gladiadores. Após uma investigação intensiva, o Conselho de Proteção aos Recursos da Nova Ordem declarou que o livro é uma estratégia irrealista para racionar água.

UMA PEDRADA DO PARAÍSO: Nesse romance absurdo, um grupo de atores é transformado em pedra depois que uma ação publicitária falha. Eles passam a maior parte do livro contemplando o próprio corpo de pedra e a vida após a morte. Referências às artes das trevas, ao teatro e à vida após a morte rapidamente levaram o romance a receber uma Menção Censurável do Comitê de Queima de Livros da Nova Ordem e a entrar para a lista de volumes que devem ser destruídos.

CARONA MÍNIMA: Histórias absurdas de um grupo de crianças geneticamente alteradas, com asas e que conseguem voar. Assim como O Único Que É O Único certa vez disse, com muito bom humor, esses livros devem ser lidos somente depois de um porco sair voando.

ALGUNS POLUIDORES DO SOM PARTICULARMENTE REPREENSÍVEIS DA ÉPOCA ANTERIOR

Como Definido por O Único Que Monitora Estímulos Auditivos

LADY GU GU: Estrela ridícula da música pop, que começou a fazer sucesso com um single também ridículo e perigosamente contagiante, "Cara de Truco". Ela dominou as paradas de sucesso e lançou mão de artimanhas teatrais para seduzir a mídia e virar uma celebridade. Está entre as primeiras celebridades musicais apreendidas pelo Conselho de Padrões Culturais da Nova Ordem.

DUSTIN BEEPER: Esse cantor chegou ao estrelato graças a vídeos postados on-line de seu álbum de estreia, *Beepin' & Weepin'*, que se alastraram como uma pandemia. Apesar de ser banido oficialmente para fins de entretenimento, sua música ainda é usada pela Nova Ordem para atrair habitantes da Terra Livre para fora de seus esconderijos.

THE RED-EYED SLEAZES: Grupo de hip-hop, em que os músicos sempre se apresentavam como se estivessem indo dormir. Seus videoclipes eram perturbadores e mostravam meninas de biquíni e excesso de breguice. O Conselho de Padrões Musicais da Nova Ordem baniu a banda por sua zombaria enviesada da cultura profissional da N.O.

SMILEY PYRUS: Estrela pop adolescente que alcançou o sucesso enganando perniciosamente seu público com um sorriso tímido e, depois, literalmente, colocou fogo nas paradas de sucesso. Embora não tão perigosa quanto a bruxa procurada, Wisteria Allgood, Smiley está entre os fugitivos musicais mais perigosos da Terra Livre.

SWIFTY TAILOR: Estrela da música country que ficou famosa por seus cachinhos louros e músicas caipiras românticas e bobinhas, enquanto partia o coração de astros famosos do cinema. Com a chegada da Nova Ordem ao mundo, ela foi rapidamente presa por sua insistência em fazer referências a "romance" e "amor" em seu trabalho.

"ARTISTAS" VISUAIS QUE NÃO MANCHAM MAIS A HISTÓRIA DO MUNDO

Como Prescrito por O Único Que Avalia Estímulos Visuais

PIERRE PONDRIAN: Embora brevemente aceito pela N.O., como representante da eficiência, esse minimalista foi rapidamente banido quando se descobriu que seu trabalho ressoava com forças anarquistas, que glorificavam as virtudes da "abstração" e do "pensamento livre".

PAULO CEZONNE: Pintor vagabundo envolvido no movimento "impressionista", que a Nova Ordem considerou nocivo ao desenvolvimento do pensamento claro e preciso. O movimento se provou tão terrivelmente difícil de ser dizimado quanto uma doença infecciosa resistente a antibióticos.

RANCHER ELFIE: Artista perdido da "cultura pop", que achou que seria divertido zombar da Nova Ordem ao tentar competir com anúncios, pôsteres e faixas oficiais, e substituir certas mensagens e ícones com criações próprias e absurdas. Ele e seu senso de humor não estão mais entre nós.

SANDY EYEHOLE: Um fotógrafo que cobria, com areia colorida e em tons espalhafatosos, fotos de celebridades e artefatos "comerciais". Felizmente, seu trabalho foi fácil de destruir.

SEPTEMBRE FEYNOIR: As representações açucaradas de crianças bonitas, mulheres em vestidos, paisagens bucólicas e cenas domésticas desse artista — cujas cópias baratas eram admiradas e consumidas por milhares de pessoas — são consideradas tão maléficas para a saúde que certos estudos demonstram ser carcinogênicas.

VALEUSISY: Pixador estranhamente educado que, durante a última batalha contra a Grande Ascendência da Nova Ordem, pixava "Valeu!" nas portas das casas que simpatizavam com sua propaganda rebelde. Mais tarde, as inscrições se provaram úteis para os agentes da Nova Ordem, que buscavam eliminar elementos subversivos.

PALAVRAS FLAGRANTEMENTE INEFICIENTES OU SUBVERSIVAS BANIDAS DO USO

Por Decreto de O Único Que Edita O Dicionário

barnabé (substantivo)
Termo depreciativo para pessoas que têm o bom senso de prestar atenção às coisas importantes do dia a dia, como orçamentos, classificações de desempenho e estatísticas municipais. <*Exemplo de uso*: Sobre a plataforma de execução, a rebelde gritou em provocação aos nobres cidadãos, chamando os espectadores de um bando de barnabés.>

cabeça de ovo (substantivo)
Construção arcaica utilizada para descrever um homem sem cabelo na cabeça. <*Exemplo de uso*: Foi irônico quando o espadachim zombou de seu inimigo calvo chamando-o de cabeça de ovo, considerando que, em algumas centenas de anos, a calvície se tornaria uma característica de pessoa atraente.>

bucha (substantivo)
Objeto arcaico, de fibra vegetal ou sintética, utilizado durante o banho. Devido às possibilidades infelizes de rimas para essa palavra, O Único Que É O Único aprovou a readequação do substantivo para "A Única Que

Esfrega". <*Exemplo de uso*: Qualquer um que não se apegar À Única Que Esfrega logo se acostumará à ausência de banhos na prisão.>

sombra marcada (substantivo composto)
Palavra composta e tola que os rebeldes utilizam para assustar as crianças. Aparentemente, refere-se à mancha deixada no chão por uma pessoa que acaba sendo presa de um "Perdido", criatura semelhante a um zumbi que habita sua fantástica galeria de fantasmas. <*Exemplo de uso*: Horrorizadas por histórias cheias de sombras marcadas, as crianças tiveram pesadelos e não conseguiram dormir, o que acarretou um impacto sério sobre sua produtividade na fábrica.>

wisteria (substantivo)
Videira trepadeira ornamental com grupos perfumados de flores, geralmente roxas. Por razões óbvias, a menção dessa espécie de planta agora extinta é proibida. <*Exemplo de uso*: O jardineiro arrancou o toco feio de uma wisteria e, em seu lugar, plantou um Pé de Soja da Nova Ordem número A42.>

uó (adjetivo)
Expressão desagradável, aparentemente utilizada pelos rebeldes para descrever qualquer situação desagradável (etimologia duvidosa). <*Exemplo de uso*: Cara, esse comício da Resistência está uó. Vamos vazar.>